La ventana de los cernícalos

ANA RUIZ ECHAURI

La ventana
de los cernícalos

Grijalbo narrativa

Papel certificado por el Forest Stewardship Council®

Primera edición: marzo de 2022

© 2022, Ana Ruiz Echauri
© 2022, Penguin Random House Grupo Editorial, S. A. U.
Travessera de Gràcia, 47-49. 08021 Barcelona
© 2022, Nuria Riaza, por las ilustraciones

Printed in Spain – Impreso en España

ISBN: 978-84-253-6094-7
Depósito legal: B-883-2022

Compuesto en Fotoletra, S. A.

Impreso en Liberdúplex
Sant Llorenç d'Hortons (Barcelona)

GR 6 0 9 4 7

Para mis padres, Antonio y María Luisa,
que ya no están, pero son.
Ellos me enseñaron a volar.

Para los amores de mi vida, Juan y Juan.
Con ellos vuelo y espero hacerlo hasta el final.

Para J. Esta historia es suya.

Lo más cruel que puede hacerse a quien has encerrado en una habitación es obligarle a mirar por la ventana.

LUKE SCOTT, *Morgan*

Hegoak ebaki banizkio
nerea izango zen,
ez zuen alde egingo.
Bainan, honela
ez zen gehiago txoria izango
Bainan, honela
ez zen gehiago txoria izango
eta nik...
txoria nuen maite
eta nik...
txoria nuen maite.

(Si le hubiera cortado las alas
habría sido mío,
no se me habría escapado.
Pero así,
habría dejado de ser pájaro.
Y yo...
yo lo que amaba era el pájaro.)

JOXEAN ARTZE, «Txoria txori»,
musicado por Mikel Laboa

Aves

Es una paloma.
No puede ser una paloma.
¿Por qué?
Tiene la cabeza muy grande.
Pues ya me dirás qué es.
Ni idea. A ver si consigo hacer una foto.
Mete mucho zoom, si nos acercamos se irá.
Ya...
¿Has hecho la foto?
Sí, mira.
Qué preciosidad. Parece..., no sé qué parece.
Vamos a buscar en internet.
¡Es un halcón!
Ni de coña.
Aquí dice que los halcones también pueden vivir en las ciudades.
Pero mira mi foto y mira la de internet, no parece el mismo pájaro. Y este es mucho más pequeño.
A ver, busco «halcón pequeño». ¡Ya!
¿Ya sabes qué es?
Un cernícalo, un cernícalo macho, mira, tiene la cabeza gris.

Hale, qué bonito. Qué bien haber podido hacerle una foto.

Sí, acaba de echar a volar. Me parece que se ha posado en el tejado de enfrente.

1

Si nadie mira, no hay vistas

Tanto tiempo en la misma casa. Tanto que la gente apenas mira por la ventana porque ya conoce la cadencia de los semáforos, los árboles, la acera por la que nunca pasa nadie. Ha visto demasiadas veces el parque pequeño donde un niño se columpia o algún viejo se sienta al sol en la fría tarde de primavera. Los tristes tiestos del vecino del octavo del edificio de enfrente, secos, muertas las plantas como en una rendición vegetal. Apenas nadie mira ya para saber si está raso o vienen nubes desde el oeste, es más rápido ver qué dice el móvil sobre tormentas, temperaturas y previsiones. Más fiable que los labradores de los libros de Delibes, aquellos que siempre sabían desde dónde llegaría la enésima helada para masacrar la exigua cosecha, si persistiría la sequía como una maldición.

«Qué suerte, una casa exterior con vistas», pensaron al ver el anuncio de la inmobiliaria. Desde la ventana siguieron mirando por si en un tejado, en una chimenea, en alguna de aquellas antenas parabólicas, analógicas, digitales, de telefonía (qué bosques tristes las antenas), volvían a divisar aquel animal hermoso. Pero nada, ni rastro, así que pasaron los días y, de nuevo, olvidaron que tenían ventanas con vistas.

Si nadie mira, no hay vistas.

En el diminuto apartamento donde habían vivido hasta hacía apenas unos días, solo se veía un paredón, una altísima tapia del lateral de otro edificio. Plagado de manchas de humedad, aquel hormigón parecía cansado de soportar el peso de ausencia de miradas. Sería fundamental para que no se derrumbara la casa pero era odioso en su monotonía. El día de la mudanza ella se quedó sentada frente a la ventana del paredón y le dio una llorera tonta, como de añoranza, porque, a pesar de no tener vistas, en aquel apartamento habían sido muy felices y muy jóvenes.

—No llore, mujer —dijo el hombre del camión de mudanzas—. La gente llora cuando va a peor. No sabe la cantidad de personas que tienen que mudarse a auténticas cuevas después de haber vivido muy bien. Gente que ha vendido hasta la vajilla de la abuela para pagar las deudas. He visto tantas desgracias, señora. Pero usted va a mejor, no hay color entre esto y la casa nueva. Hágame caso, en nada se habrá olvidado de esta, ya lo verá.

No le hizo caso y lloró un rato más hasta que la última caja salió por la puerta. «Cosas de la cocina», había escrito con rotulador grueso. Ya podían haber especificado un poco más lo que había en las dichosas cajas, porque buscabas unas tijeras y encontrabas un colador, necesitabas el cuchillo de pelar patatas y aparecía la espumadera. Sin contar con las cajas misteriosas en las que solo escribieron «cosas» y que, como en todas las mudanzas, quedarían arrinconadas sin que nadie supiera qué demonios contenían. Aquellas cajas habían sido reutilizadas; venían de otras casas, otras mudanzas, otras vidas. Sofía se quedó mirando con ternura el texto tachado: «Juguetes de Juan», «Zapatos de los niños». Adónde habrían ido aquellos zapatos, qué sería de Juan y de sus juguetes. Aquellas cajas contaban existencias pasadas. Ojalá sus antiguos propietarios fueran felices tras los incómodos trasiegos, los juguetes acaso perdidos en el ir y venir de cajas, bultos y enseres.

Como había acertado a decir el hombre de la mudanza, Pablo y Sofía habían ido a mejor, sin duda. Él, tras un imprevisto ascenso en la empresa de publicidad, se había convertido en el responsable de todos los anuncios para las televisiones y algunas grandes campañas globales: un sueldo mucho mayor del que tenía hacía solo cinco años y más responsabilidad, ya que en cualquier momento un cliente importante podía decidir irse a otra agencia, y eso no se lo podían permitir. Ella, bueno, su trabajo era menos apasionante, al menos visto desde las odiosas comparaciones: funcionaria de carrera (qué infierno las oposiciones) y con plaza en una biblioteca pública.

Sofía adoraba los libros, catalogarlos, investigar épocas, autores, seleccionar las adquisiciones, digitalizar los más antiguos. Trabajar entre libros era un diminuto paraíso entre tantos y tantos desastres laborales de sus compañeros de carrera. Ah, la filología, qué hermosa trampa para el futuro de esos estudiantes en unos tiempos en que las palabras volaban y a nadie le importaba de dónde venían o si morirían en breve, arrastradas por la modernidad o la desidia.

Los primeros días en la casa nueva fueron un no parar de no encontrar «cosas», de mirar por las ventanas y descubrir que se veía TODO, hasta una torre de la catedral bastante fea o lo que parecía un proyecto de rascacielos abandonado. Las ventanas los trasladaban al exterior de su propia vida, al mundo que palpitaba en la calle. Se fijaron en un hombre relativamente joven que se movía con extrema dificultad, arrastrando los pies apoyado en un andador. «Un ictus, seguro», comentaron, y se miraron con lástima pensando en tantos accidentes fatales que podían dejarte postrado, inútil, dependiente, tristemente discapacitado por joven que fueras. Observaron también en la distancia el nuevo barrio que se elevaba sobre una colina, un enjambre de casas cuesta arriba para poner a prueba las piernas y el corazón del vecindario.

El corazón de las casas late a otro ritmo cuando te asomas a la ventana.

2

La voz

Desde la ventana de J se veía una calle estrecha de la parte vieja de la ciudad. Balcones de hierro oxidado, un geranio de plástico descolorido y el lateral del mercado de abastos. Se oía pasar un coche de vez en cuando y el zureo de las palomas y el piar más tímido de los gorriones. No se veían las altas torres donde anidaban las cigüeñas, pero algunas había cerca porque crotoraban allá arriba, con ese entrechocar de picos que anunciaba primaveras desde nidos que pesaban toneladas.

Cuando Ana lo llamó por primera vez no se percató del eco de las aves. Al principio solo fue un silencio. Luego su voz inició aquella conversación breve. Había encontrado su número en la guía. Debía de ser de las pocas personas que aún tenían un listín telefónico siempre a mano. Podía confiar en aquel tocho de hojas finas incluso para rastrear los números o las direcciones que ya era imposible obtener de otra forma. Aquella guía tenía muchos años y le había sido siempre muy útil. Una herramienta que también le sirvió en esta ocasión.

Fue una conversación muy corta. Antes de ponerse él, notó que alguien había descolgado y el ruido de un bisbiseo, un «No sé quién es, ¿quieres atender la llamada?».

—Buenos días. ¿J?

—Sí. ¿Quién es?

Por unos segundos se quedó embelesada al oír su voz, su extraña voz, al otro lado de la línea, aquel jadeo entrecortado.

—Hola, me llamo Ana, soy periodista y trabajo en televisión. He leído tu carta al director en el periódico y me gustaría hablar contigo y contar tu historia.

Un silencio…

—¿Puedes venir a mi casa? Yo lo tengo complicado para moverme.

Un esbozo de risa remató la última palabra: «moverme».

—Pues claro, faltaría más. ¿Cuándo te va bien?

Le iba bien muy pronto, cuanto antes. Al día siguiente le parecía perfecto. A Ana le asombró esa rapidez en darle una respuesta afirmativa, que por una vez no le dieran largas, vagas excusas, o no le pusieran pegas y problemas. Eso era lo habitual cuando intentaba reunirse con alguien. No entendía aún el porqué de esa facilidad para el encuentro. Después aprendió de él que una cosa es la prisa y otra, la urgencia. Que la fracción de segundo que te cambia la vida no vuela, permanece contigo hasta el final.

A la mañana siguiente le abrió la puerta una mujer con aspecto de ser del «este». «El este, visto desde aquí —pensó Ana—, es más que un punto cardinal, es el conjunto de países que cambiaron de nombre veinte veces, que trajeron inmigrantes dispuestos a aprender el idioma, licenciados que terminaron limpiando culos a los ancianos de occidente; gente rubia y con tristes ojos azules». Le hizo un gesto con la mano para que atravesara el umbral y entrase. Luego, abrió otra puerta más pequeña y le dijo: «Puede pasar», para retirarse después en silencio.

—Pasa, por favor. Has traído el frío contigo, hasta parece que te brilla el pelo con la cencellada. Me encanta cuando se congela la niebla en el aire, aunque el frío no me conviene nada.

Su voz. La voz dicen que es lo primero que se olvida. Recordamos el rostro, la mirada de las personas, incluso detalles irrelevantes como la ropa que llevaban, si sonaba música o la habitación estaba desordenada, pero no tenemos memoria del sonido de la voz. Reconocemos el canto de un ruiseñor, los trinos de los jilgueros, pero las voces humanas se diluyen. Nuestra voz suena ajena cuando la grabamos, y cuánto duele volver a oír la voz del padre muerto en las viejas cintas. Pero aquella voz de J, como expulsada a golpes desde los pulmones, escupida más que hablada, rotundamente artificial, aunque modulada por los gestos de la cara, aquella voz era inolvidable.

—Así que leíste la carta en el periódico...

Aquel día, el día en que Ana leyó la carta, había llegado pronto a la redacción de la tele. La prensa estaba aún en la funda de plástico que la protegía del rocío —el repartidor la dejaba muy temprano a la intemperie—, así que había podido elegir qué periódico leer. Era su rutina matutina favorita, sentarse frente al escritorio y, antes de encender el ordenador, desplegar aquellas sábanas de papel llenas de letras e historias. Se saltó todas las páginas de internacional y se detuvo en la sección de opinión y cartas al director.

Hay una esperanzada espera cuando los lectores escriben al director; él, sin embargo, no la tiene en cuenta. Desde su despacho selecciona, minucioso, qué merece publicarse y qué no dejándose llevar por el contenido que mejor encaja con la línea editorial, de modo que tan pronto desecha las reivindicaciones de algún suscriptor indignado como llama con urgencia a un periodista porque en una carta entre cientos «hay TEMA».

En aquel periódico de provincias donde antaño Ana trabajó gratis y agradecida mientras estudiaba la carrera, el director había llegado a escribirse a sí mismo porque los lectores se empecinaban en redactar largas misivas sobre baches y charcos, sobre el concejal de urbanismo que no tenía ni idea, o de queja porque los municipales nunca estaban donde debían, más preocupados por poner multas que por la seguridad del honrado contribuyente. Así que si quería crearse una opinión favorable o desfavorable (todo dependía) sobre algún asunto, el director se ponía a la tarea y redactaba breves cartas que eran publicadas sin falta, o sea, faltaría más. Aquello hacía que Ana desconfiara de algunas cartas muy sesgadas, pero tenía que reconocer que en otras había encontrado historias sorprendentes.

La que había impactado a Ana aquella mañana no era una pantomima, una invención de un director de periódico. Aquellas líneas eran una confesión, un grito, una desgarrada llamada de atención, de socorro. Un S.O.S. en tinta sobre papel de prensa, la crónica de un naufragio tierra adentro.

—Así que leíste la carta...

Y ella, que había llegado a aquella casa esperando encontrar EL TEMA, LA HISTORIA, en ese momento se sintió miserable. Una miserable carroñera, como tantos otros del oficio. Desvió la mirada de la de aquel hombre y, por la ventana, contempló cómo la cencellada convertía en objetos brillantes las farolas, el geranio de plástico, los aleros de los tejados y las chimeneas.

3

Plantas extrañas

—¡Cuidado! ¡No hagas ruido, entra despacio!

—¿Qué pasa?

—¡Mira!

—¡Eh, ahí está otra vez!

—Qué preciosidad.

—Una maravilla, pero se está metiendo en la tierra de la jardinera y ahí pensábamos plantar el cebollino.

—Que le den al cebollino, lo venden en el supermercado.

—¿Qué hace? Acércate un poco más al cristal, quizá si ponemos unos visillos no nos verá.

—Pues parece que quiere plantar algo.

—No digas bobadas...

—Te lo juro, está escarbando con las patas en el rincón de la derecha, está haciendo un hoyo en la tierra.

—Ja, ja, ja, ¡el cernícalo horticultor!

—A ver si conseguimos que no se asuste y se queda. ¡Qué curioso! Habrá que buscar más cosas sobre estos bichos en internet.

—No construyen nidos.

—¿Eh?

—Acabo de leerlo. No construyen nidos. No traen ramitas ni plumas ni nada. Se apañan con un hueco en la tierra y poco más. Así que igual el agujero que ha escarbado el bicho es el proyecto de su nido.

«Quién pudiera ser ave y tener planes tan sencillos. Encontrar una pareja, el lugar adecuado donde anidar, aparearse y tener pollos. Cazar y volar. Sobre todo, volar», pensó Sofía.

Aquel bicho no dejaba de posarse en el alféizar. Pasaba largos ratos viendo el revolotear de las palomas, atusándose las plumas y moviendo el cuello rítmicamente hacia delante y hacia atrás. Eso les encantaba. La cabeza, redondeada y gris, parecía capaz de girar trescientos sesenta grados con independencia del cuerpo. Y cuando se lanzaba a volar, era mucho más impresionante todavía. Extendidas, las alas parecían enormes. De pronto se detenía en el aire, permanecía quieto sobre un punto agitando las alas con rapidez y se mantenía allí mirando hacia el suelo.

Aprendieron que eso se llama «cernerse». Aprendieron que por eso se llaman «cernícalos». Y aprendieron que, o se daban un poco de aire en poner orden tras la mudanza, o los días libres se les iban a agotar y decenas de cajas con «cosas» permanecerían apiladas en la habitación donde, algún día, estaría el cuarto de estar.

«En las casas verdaderamente ricas —les dijo una vez un amigo—, hay cuarto de estar y cuarto de ser». Qué suerte que el castellano permita diferenciar el ser y el estar. Estar parece fácil en comparación con los vericuetos del ser.

Sofía se asomó a la ventana y pensó en la belleza de las palabras, que cernerse es muy sencillo para un ave, pero ocuparse de todo lo que nos concierne es un lío para los humanos. Y cuando algo se cierne sobre nosotros, por regla general suele ser una amenaza, un peligro, un desastre.

4

No

Hubo un silencio en la habitación. Ni siquiera se oía el trino de pájaro alguno. J aguardaba la respuesta de Ana; se le notaba en los ojos la curiosidad por el hecho de que alguien que se dedicaba a escribir le diese su opinión sobre la misiva publicada en un periódico de tirada nacional.

—Leí la carta y la releí y...

—¿Estaba bien escrita?

—Muy bien escrita... Me... me preguntaba cómo la escribiste.

J tenía el cuerpo paralizado, lo único que podía mover era la cabeza. «Un cerebro legalmente vivo», le diría con sorna más adelante. De su garganta brotaba un tubo largo y flexible conectado al respirador que insuflaba oxígeno a sus pulmones. Las manos inertes, sujetas con un vendaje al reposabrazos de la silla de ruedas para que no se desplomaran. Unas piernas delgadísimas, como las patitas de un pájaro.

«Si se me posa una mosca en la punta de la nariz —fue una de las primeras cosas que le dijo en aquella visita—, podría quedarse a vivir ahí indefinidamente. Ni para espantar una mosca sirvo». Ana se sintió incómoda en aquel cuarto donde acababa de llegar en busca de un reportaje, un testimonio de esos que llaman «desgarrador», y no solo por el calor sofocante que hacía en la habitación.

—La escribí gracias a este invento.

El invento permitía ir marcando con un soplido en la pantalla del ordenador cada letra, cada tilde, cada coma, cada punto suspensivo. Una tarea minuciosa y agotadora, un hilván de signos en un teclado virtual, en aquel iMac con una carcasa de flores en la superficie redondeada.

—¿Te escandaliza lo que escribí?

—No..., al contrario, me escandaliza lo que denuncias en la carta. Por eso te llamé, por eso he venido. ¿Quieres que haga un reportaje sobre esto? ¿Te gustaría una entrevista para la televisión? La tele llega a mucha gente y...

No dejó que siguiera hablando. De su garganta herida saltó un NO como un disparo certero. Un no sin vuelta atrás.

En ese instante exacto, sobre la estrecha barandilla de la ventana, una altísima ventana a juego con los altos techos, se detuvo un momento un gorrión con las plumas hinchadas por el frío y ojos asustados.

J sonreía con la mirada tras las gafas.

—Si abres la ventana quizá entre para refugiarse de la cencellada y, probablemente, con la suerte que tengo, se pose en mi cabeza y se me cague encima —le dijo.

A Ana le dio una risa tonta y no supo si estaba bien reírse o si era inapropiado y J la echaría de su casa por pretender exponerlo en la tele como si fuera un fenómeno de feria, un ser digno de lástima, como un ave herida tirada en medio del asfalto que no logra remontar el vuelo.

«Sí, ahora me echará —pensó Ana—. Soy una metepatas de manual, de manual de lo que no debe hacer un periodista. Hay que ganarse al entrevistado antes de ir al grano. Hay que demostrarle que él te interesa y que no quieres lucirte gracias a él; que su historia es lo importante y tú tan solo un mero intermediario, alguien que la narrará a otros y conseguirá que su voz salga de la habitación, de esa casa-hospital y tenga el mayor recorrido posible». Sonrió un poco avergonzada y se vio obligada a soltar una obviedad para salir de aquella mezcla de sensaciones, un cóctel de curiosidad y agobio que no sentía desde hacía mucho tiempo.

—Dicen que da buena suerte que un pájaro se te cague en la cabeza —respondió Ana mirando aún por la ventana. No sabía muy bien qué más decir.

—Te hablaré de la suerte, ¿quieres?, ¿tienes tiempo? —preguntó él cambiando de tema.

Tenía tiempo, todo el tiempo que hiciera falta para escuchar aquella voz rota, aquella respiración algo angustiosa, un estertor a veces. Por suerte consiguió olvidar pronto el desasosiego que J le transmitía porque sus ojos sonreían. De alguna forma, parecía contento de tener a una extraña en su casa. De alguna forma, contar su historia, sin cámara ni focos ni micrófono, sería mucho más interesante para él.

Y a ella... A ella le cambió la vida.

Mientras lo vivía, mientras se sucedieron esas conversaciones que luego se prolongaron en decenas de correos electrónicos, Ana no fue consciente de que estaba formando parte de una historia. No saldría en la televisión, no la daría a conocer como suelen hacer los periodistas, procurando no implicarse en aquello que cuentan. La vivió, se sumergió en ella hasta el tuétano, con todo lo que eso supuso después. En los meses que siguieron asistió a un naufragio y, cuando se es testigo de un hundimiento, no se puede tomar la cámara y el micro y narrarlo; hay que lanzar salvavidas y lanchas, hay que sumergirse en las aguas heladas y mojarse. Incluso a riesgo de perder la propia vida.

5

Cursi

—¿Vas a estar todo el día mirando por la ventana? ¿Dónde demonios está el cargador del móvil? En esta caja solo hay cables y más cables, un conector que no tengo ni idea de para qué será y el enchufe raro que compramos antes del viaje a Estados Unidos. ¿Me oyes? ¿ME OYES? ¿Para qué guardamos tantas mierdas...? Y mira que el otro piso era pequeño, pero ahora todo está lleno de cajas que no sé ni de dónde han salido. ¿Y las corbatas? Dijiste que era mejor ponerlas en el portatrajes y ahí no están. ¿Las has visto? Pasado mañana tengo una reunión importante en la agencia. ¡Necesito las corbatas! ¿Me oyes?

—Perdona, ¿qué decías?

—Ufff..., que dejes de mirar por la ventana, que no encuentro nada, ni el cargador ni las corbatas, que esto es un desbarajuste, que no estás a lo que estás, que hay que organizar la casa porque, si no, vamos a volvernos locos. Y es urgente llamar al carpintero y que empiece a vestir los armarios, más que nada para que pueda vestirme yo. Teníamos que haberlo hecho antes de venir a vivir a este puñetero caos.

—¿Has visto? ¡Hay dos en el alféizar! Parecen una pareja, macho y hembra, se hacen carantoñas con el pico como si se dieran besitos, son una monada. A ver si consigo hacer una foto justo cuando se dan el pico.

—Estás sonriendo… ¿Sonríes como una boba porque dos pájaros se «besan» en la ventana? Si lo cuentas, no se lo creerá nadie.

—¿No te parece bonito? Es un signo de buen augurio para la casa nueva.

—Lo que me faltaba, que te pongas cursi con augurios y tonterías.

—Déjame en paz, búscate tu cargador y tus puñeteras corbatas tú solito. Solo me faltaba eso, que te pongas histérico en este momento.

—¿Histérico yo? Y tú, haciendo fotos de los puñeteros pájaros a todas horas… ¡La loca de los pájaros!

Pablo y Sofía voceándose, haciendo lo que tantas veces habían aborrecido al verlo en otras parejas, elevar la voz para quedar por encima del otro en una espiral de gritos que nunca terminaba bien, en un duelo de sinrazones que luego costaba recordar cómo había comenzado, porque en demasiadas ocasiones una tontería derivaba en una bronca o en cosas peores. No parecía que aquella fuese una buena manera de arrancar la nueva vida en la casa nueva.

Pablo salió de la cocina como una exhalación. Sofía siguió refugiada en las vistas, en aquella pareja con alas que, lejos de discutir, seguían —eso parecía— besándose con sus afilados picos, ajenos a las cuitas humanas, a las penas humanas.

6

Batiburrillo

En aquella habitación cálida, acaso demasiado cálida, J y Ana hablaron de la suerte. De la mala suerte. De la que nadie quiere. De la probabilidad de que te caiga un rayo. Y él le contó un antiguo relato que se narraba en China siglos atrás.

—Un campesino a quien se le escapó el caballo, al percibir la conmiseración de su vecino, le dijo: «¿Quién sabe si eso es bueno o malo?». Y tenía razón: al día siguiente el caballo regresó acompañado de varios caballos salvajes con los cuales había trabado amistad.

»El vecino fue a visitarlo otra vez, en esta ocasión para felicitarlo por aquel regalo caído del cielo, pero el campesino repitió: "¿Quién sabe si eso es bueno o malo?". Y de nuevo acertó: al día siguiente su hijo trató de montar uno de los caballos salvajes, se cayó de la montura y se rompió una pierna.

»El vecino volvió a mostrar su pena, y el campesino formuló de nuevo la misma pregunta: "¿Quién sabe si eso es bueno o malo?". Y el campesino tuvo razón por cuarta vez: al día siguiente aparecieron unos soldados para reclutar al hijo, pero lo eximieron del servicio militar por estar herido.

»Tú, Ana, ¿sabes algo sobre las probabilidades? —preguntó J, un poco fatigado después de contar la historia.

Nada de nada, como sobre tantas otras cosas. Los periodistas tenemos un batiburrillo de conocimientos tan variados que rara vez profundizamos en algo. Pero en una ocasión preparaba un reportaje sobre la lotería de Navidad y entrevisté a la autora de un libro que contaba la historia de este tipo de juegos: varios siglos de pago del «impuesto» voluntario con la ilusión de que «te puede tocar a ti». Y, hablando de eso, de la probabilidad real que hay de que te toque, pues resultó que a ella un año le tocó el Gordo.

—¿Por eso escribió el libro?

—No, lo escribió porque había investigado sobre el tema como profesora e historiadora que era. Pero espera —añadió Ana sonriendo—, le comenté aquello de que es más fácil que te parta un rayo que que te toque la lotería.

—¿Y?

—Pues te va a encantar... ¡También le cayó un rayo!

—¡No! —A J le dio un ataque de risa un tanto asfixiada.

—¡Sí! Estaba en una casa en el campo, se desató una tormenta eléctrica brutal y un rayo entró por la chimenea y salió por una ventana. Apenas la rozó, pero el susto fue morrocotudo. Así que a ver quién se atreve a hablar de probabilidades, del azar y de la suerte, la mala y la buena.

—Yo. Yo me atrevo —zanjó él con la sonrisa reflejada en la mirada; sus ojos brillaban tras las gafas.

7

Acuarela

Hubo un silencio tenebroso en aquella casa luminosa, la casa con vistas, el hogar recién estrenado. Tantas ventanas y tanta oscuridad. En los contrastes se perfilan bien los claroscuros; las máscaras apenas ocultan las realidades cristalinas.

Un portazo hizo temblar el marco de la puerta blindada. Pablo acababa de marcharse sin despedirse; se había escabullido de la discusión haciendo mutis por el foro, el recurso de los malos actores.

Y luego, silencio.

Sofía permaneció junto a la ventana. Al otro lado las aves se rondaban con los picos, con las alas. Entraban y salían de un saltito desde la tierra hasta el alféizar; brotaba un gorgoteo suave de sus gargantas. En la suya, en cambio, tenía un nudo enorme, una boa enroscada que serpenteó hasta sus ojos y los inundó. Se diluyeron las plumas de los pájaros convirtiéndose en una acuarela, el dibujo de un artista de las veladuras, difuminado a través del cristal y de las lágrimas.

Era la segunda vez que lloraba desde la mudanza. Se le habían agolpado los malos recuerdos en la boca del estómago, aquella comida que uno cree haber digerido pero que se queda atravesada y el cuerpo te pide vomitar, deshacerse de lo indigesto.

Su ex («Ojalá pudiera quitarle el posesivo —se dijo—, ya no es nada mío ni yo nada suyo, afortunadamente») había desaparecido de su vida hacía muchos años, aunque entonces fue ella quien dio el portazo.

Como en las malas novelas románticas se habían casado muy jóvenes, aunque no podía decirse que sin conocerse: el noviazgo había durado cinco largos años, los de la carrera de ella. Montaron la casa despacio, compraron los muebles despacio. Ella intentó que no se pareciera demasiado al hogar de sus padres; luego deseó que se hubiera parecido a aquel lugar tranquilo, pausado y ordenado de donde venía. Llegó el día de la boda. Verano, agosto, iglesia. Visto desde la distancia no era más que una colección de tópicos, otro capítulo de la mala novela romántica que funcionaba por aquel entonces en su cabeza pero que no funcionó siquiera en la luna de miel.

«De miel», qué absurdo, mejor luna de amargura, luna acre para Sofía.

Nunca había sentido tan claramente la sensación de haber cometido un error desde el primer momento como con aquel matrimonio. El arrepentimiento llegó nada más decir «Sí quiero» ante el cura que bendecía solemne una unión «hasta que la muerte os separe». Ah, la liturgia, nombrando a la muerte tan próxima al amor.

Años más tarde dejaría de darle vueltas al fracaso anunciado. Casarse virgen, como en las viejas y malas historietas románticas, desembocó en aquella violencia de la consumación. Miró al tipo que creía conocer, yacía a su lado en aquella cama tan nueva, y sintió una repugnancia de hiel, de bilis salada al mezclarse con las lágrimas del llorar silencioso, aferrada a la almohada, inútil salvavidas.

La pesadilla fue breve porque el divorcio fue rápido. Estupefacto se quedó el desconocido con quien se había casado cuando ella le preguntó, unos meses después de la boda, si seguía yendo de putas como había hecho durante todo el noviazgo. Él ni siquiera lo negó, se limitó a preguntar cómo lo había sabido. «Siempre hay amistades dispuestas a abrirte los ojos», contestó ella, aunque ya podían habérselos abierto antes del sí, de la iglesia, del solemne paripé, del fracaso.

Sofía apenas pensaba ya en su primer matrimonio. Se lo devolvió a la memoria el portazo de Pablo, aunque poco tenía que ver con el que ella dio en el pasado. No quería recordarlo, como tampoco quería recordar el accidente de tráfico que la dejó huérfana demasiado pronto. Eran los dos episodios de su vida que más la habían marcado, que la habían llevado a reinventarse, a reconstruirse.

«Reconstruir la vida»: se dice pronto, se tarda mucho. Pero lo había conseguido alejándose de los recuerdos y de la ciudad, escenario de tantos naufragios. Ahora, estaba segura, había salido por fin a flote y no pensaba dejarse arrastrar por las corrientes. «Las cosas claras y el chocolate, espeso», solía decir su madre. Luego hablaría con Pablo, no quería malentendidos. No quería que se repitiera la historia, no quería más portazos en su vida.

Seguía observando las aves, tan hermosas. Casi sin pensarlo, movida por un impulso desconocido, abrió la ventana corredera muy despacio, con el exquisito mimo con que se lleva a cabo un experimento trascendental. Los pájaros miraron un momento aquella estructura gigante que se deslizaba a su lado y volaron. Alzaron el vuelo juntos hasta posarse en el tejado del edificio de enfrente.

Segura de que la miraban, Sofía puso boca abajo con mucha suavidad el tiesto vacío a rayas blancas y rojas donde planeaba plantar perejil. Por algún motivo absolutamente irracional, decidió que aquella maceta colocada del revés quizá gustaría a los cernícalos, que podrían subirse a ella y saltar. Jugar en una jardinera, en un jardín diminuto, privado y tranquilo.

Un refugio con vistas para una pareja que había empezado a amarse. Cerró la ventana y pensó que habría que darse prisa en poner unos visillos para no molestar a los pájaros. Luego fue al cuarto de estar donde no estaba nadie, solo las cajas a medio abrir, todos aquellos objetos que tendrían un lugar y una utilidad. Con el dorso de la mano se secó los ojos y se dispuso a poner orden en aquella casa con tantas vistas que —sería pasajero, seguro— había conseguido que mirar hacia dentro fuera doloroso. «Son los nervios —se dijo—, las novedades siempre son fuente de tensión. Pediré comida china que tanto le gusta a Pablo, buscaré el abrebotellas y descorcharé el Ribera de Duero que guardamos para la inauguración. Todo irá bien. Todo irá bien», se repitió.

8

El cura

La mujer con aspecto de ser del este se asomó a la puerta tras dar unos golpecitos. «Hora del masaje», dijo con dulzura pero con firmeza. Ana se levantó como un resorte y se dispuso a ponerse el abrigo.

—Perdón, no me he dado cuenta, yo...

—No te apures —dijo J con la sonrisa en los ojos—. Aquí hay rutinas inevitables, ya te irás dando cuenta. Porque... ¿Querrás volver aunque yo no haya querido darte la entrevista?

—Claro, siempre que a ti te apetezca que vuelva.

—Me apetecerá, seguro.

Se intercambiaron los correos electrónicos y Ana salió a la calle. Respiró con ansia el aire frío, se abrochó el abrigo y subió el cuello hasta casi tapar las orejas. Echó a andar con una extraña mezcla de sensaciones. La periodista se había quedado sin reportaje pero la persona había conocido a alguien tan diferente o tan especial o tan ¿extraño? que no podía desperdiciar la oportunidad de profundizar en aquel hombre, en su inmovilidad, en el sentido del humor que rezumaba.

El tiempo se había detenido en aquella sala, quizá cuando la mujer con aspecto de ser del este había abierto la puerta.

Por un momento le pareció que realmente no había estado allí, que aquella habitación cálida, aquella ventana tan alta y el gorrión aterido y el hombre inmóvil eran solo un producto de su imaginación. La niebla helada seguía posándose en todos los objetos de la calle, hasta las papeleras parecían joyas brillantes. No se veía el cielo, los edificios estaban recortados, invisibles más allá de los cinco metros de altura; las tulipas de las farolas habían dejado de existir. Ana se empequeñeció a su vez; tenía mucho frío y, al tiempo, sentía un calor extraño por dentro. «No me ha echado y quiere que regrese, eso es buena señal», pensó. Cuando llegó a casa —menos mal que la calefacción estaba encendida— abrió el correo en el ordenador, y allí estaba el primer mensaje de J:

¿Podrás volver mañana?

Ana contestó sin pensarlo dos veces:

Claro que podré, pero mejor por la tarde si te va bien, por la mañana tengo trabajo. ¿A las seis te parece buena hora?

No hubo respuesta, así que la periodista decidió que eso era un sí.

A las seis en punto del día siguiente la alta puerta se abrió y la mujer del este la invitó a cruzar el umbral. Ana se sumergió de nuevo en aquella habitación calurosa, un lugar que le recordaba el bochorno y humedad excesivos de los invernaderos. J estaba en la silla de ruedas, ante el ordenador; sonrió y le pidió que acercara una silla.

—¿Qué tal? —dijo la periodista por decir algo, para no quedarse en silencio, como abducida por la sonrisa del hombre.

—Igual que ayer o un poco peor que ayer, esto tiene poca pinta de ir a mejor. —Y, de nuevo, un gorgoteo de risa que alteraba la unión del respirador a la garganta.

No había gorriones en la ventana, pero Ana empezó a fijarse en el interior de aquel cuarto, más parecido a un almacén que a un despacho. Rimeros de papeles que casi alcanzaban el alto techo rematado con flores de escayola.

La casa tenía el aspecto de los edificios nobles de aquella zona antigua de la ciudad. De hecho, en la fachada había una placa que recordaba que un prohombre había nacido allí. Los radiadores eran de hierro fundido. Un gran espejo dominaba la pared de delante del ordenador, en la que había prendidos bocetos, cartabones, reglas, trozos pequeños de papel con dibujos geométricos. Una colección dispersa y aparentemente caótica de inconclusas obras. Él se fijó en su mirada.

—Yo soy…, era, artista.

—Lo sé, te busqué en internet antes de venir a verte.

—Me lo imaginaba, eres periodista, pero no te pareces a los que se han pasado por aquí.

—¿Han venido a verte muchos periodistas antes que yo? —preguntó sorprendida.

—Algunos, pero casi ninguno ha vuelto. Por aquí pasa mucha gente, a veces demasiada, la verdad.

Y J, con su voz sincopada, aquella voz que se esforzaba por salir de la garganta herida, le fue narrando quiénes eran esa gente. Amistades de «antes de», algún vecino deseoso de ayudar, algún curioso, otros periodistas a quienes no soportó más de un cuarto de hora… Y el cura.

—No sé cómo me localizó, quizá algún vecino bienintencionado le informó de que yo estaba así y él se vio en la obligación de ayudar. Y me llamaba casi a diario por teléfono para preguntar qué tal estaba. «Pues cómo voy a estar, páter, igual que ayer, exactamente igual que hace un año. Igual que hace un lustro, páter, inmovilizado y con un aparato que respira por mí». Y el cura insistía que si la resignación, que los planes de Dios, que si soy inteligente, que la vida no es nuestra sino del creador. Así que yo le contestaba: «Joder, páter, el creador a veces se esmera poco en hacer que sus criaturas tengan una vida decente, ¿no le parece?». Y otra vez él, dale que te pego con los planes divinos y que quería venir a verme, a consolarme, a leerme. Y cuando me dijo eso de que quería venir a leerme no pude contenerme y le solté: «Mire, oiga, que leo perfectamente, todavía no me he quedado ciego, aunque igual eso también lo tiene previsto el creador para joderme más».

»Se quedó tan callado, el pobre cura, que me dio un ataque de risa imparable, tanto me agité que el tubo se soltó de la tráquea acompañado de un estruendo de mocos. Eso pasa a veces, no te lo he dicho. Enseguida vinieron a recolocar el tubo y a limpiarlo. A mí puede matarme cualquier día una revolución de mocos. Morir ahogado por mis mucosidades. Han de masajearme el pecho, achucharme, para que eso no ocurra y entonces tengo náuseas, unas náuseas angustiosas. Pero prefiero pasarlas sin un cura al lado leyéndome la hoja parroquial.

Ana escuchaba la narración en silencio; nada podía aportar ni opinar ni aconsejar. Nada que no fueran obviedades o transmitir una sensación de lástima que ninguno de los dos consentiría. Ni ella ni él. Aun así, sintió que J tenía ganas, casi necesidad, de contarle su historia, la de «antes de» y la de «después de», y ella quería, necesitaba conocerla.

En las siguientes visitas, la periodista comprobó que, solo con hablar un rato seguido, J se cansaba. Ayudado por el mecanismo que le permitía escribir en el ordenador, llevaba tiempo plasmando sus experiencias en la pantalla. Letra a letra, comas, puntos, paréntesis. Un minucioso y agotador trabajo que comenzó a darle a leer. A veces en la habitación calurosa y abigarrada, a veces por correo electrónico.

Vaya un extraño privilegio mi coco, colocado en el territorio de la muerte, con tiempo, voluntad y suficientes facultades como para poder hacer balance de lo que significa la existencia. Se dice que aún en cambios tan extremos, pasado un tiempo como de adaptación recuperamos el carácter anterior y volvemos a ser como éramos; el optimista recuperaría el optimismo, etc. Sería conveniente saberlo en el caso de grandes lesiones cerebromedulares y, estando las interesantes pequeñas verdades en los matices, en las variaciones al principio casi imperceptibles habría que ir a la observación en detalle de esos cambios.

Ana leía. Ana escuchaba. Ana intentaba ponerse en el imposible lugar del hombre roto que narraba su vida con la inexorable verdad de su silla de ruedas, del botón en la barbilla que le permitía moverla sin que nadie la empujara, del respirador. Ana pasaría semanas escuchando y leyendo una narración que ningún reportaje periodístico podría resumir tan perfectamente como lo hacía su protagonista.

—Cuando estuve ingresado en el hospital de Toledo lloraba. Lloraba muchísimo. Habían sido muchos años de trabajo sanitario y sabía lo que me esperaba.

—Vi también que eres..., eras enfermero. —Los tiempos verbales se habían convertido en una trampa a la hora de expresarse. Ana hablaba con miedo de herirle, pero J no pareció afectado por aquel pasado.

—Pues entonces ya te lo puedes imaginar. Llevaba encima mucha experiencia, demasiadas guardias nocturnas en fin de semana. Había visto demasiada gente accidentada, demasiados jóvenes a quienes la vida se les partía en dos, tantas y tantas familias destrozadas Yo los consolaba..., hasta que me pasó a mí y no hubo consuelo que me valiera.

»Mi compañero de habitación se había estrellado con la moto. Tendría unos cuarenta y (suena ridículo decirlo) él había tenido suerte y solo estaba paralizado de cintura para abajo. Podía mover los brazos, qué afortunado. "No llores, tío —me decía—, joder, si lo piensas, esto no es tan malo. A mí me gusta el fútbol, soy hombre casero, de sofá, ya sabes, el fin de semana entero de relax, así que ahora toda mi vida va a ser fines de semana. La mujer cuidándome y yo cobrando una pensión por no hacer nada de nada. Además, estamos vivos, joder, piensa en eso. Podíamos haber muerto, tío. Y aquí estamos, dejando que nos cuiden, tampoco es tan mal plan. No llores. Los hombres no lloran".

Ana se había trasladado mentalmente a aquella habitación de hospital, al estupor que narraba J, al conformismo del otro hombre con su parálisis. A todo aquello que contaban de la aceptación y la resignación que suceden a la rebelión y la impotencia.

Cuando por fin pudo volver a su casa, siguió contando J, hubo que adaptarlo todo a su nuevo estado, el estado de la inmovilidad permanente. También aquel ordenador que le urgía tener listo para volcar emociones que nadie más entendía y, sobre todo, para no olvidar él mismo las experiencias vividas, aquellos primeros meses con un cuerpo que ya no le pertenecía, y así había ido escribiendo recuerdos desgarradores que le dio a leer a Ana.

Tenía que ocurrir (y ocurrió):

Se volvió a soltar la conexión del tubo del respirador a la cánula y durante diez minutos sonó una alarma que nadie pudo oír. Cuando vinieron a recolocármelo estaba ya agotado por respirar tirando de los músculos del cuello y empezaba a dejar de oxigenar debidamente el cerebro. Podría haber aguantado un poco más si siguiera haciendo ejercicios de respiración como antes, pero desde hace un tiempo he dejado de hacerlos.

Precisamente porque en otra ocasión resistí unos impensables 50 minutos, al estar de medio lado y con algo de mocos. Hasta aquel día imborrable, todas las mañanas hacía «rehabilitación respiratoria». Me desconectaban un tiempo, sobre más o menos una hora, y aguantaba según la mucosidad de los pulmones, la tensión y cómo hubiera dormido, hasta que notaba que tenía que hacer un gran esfuerzo para seguir, entonces hacía una señal y volvían a conectarme.

Aquellos 50 minutos solo en una habitación en medio de aquella larga nave de la clínica, sabiendo que ninguna auxiliar tenía que venir hasta bastante después de que me hubiera asfixiado, me dejaron un recuerdo tan espantoso que reaccioné rechazando esos ejercicios: si volvía a ocurrir un accidente, estaría preparado y dispuesto; nada de volver a poder estar tanto tiempo en aquella horrible agonía, con aquel leve gesto automático como un espasmo del cuello a los hombros que los alzaba y con ello abría la caja torácica lo justo como para dejar entrar un soplo de aire a los pulmones, del todo insuficiente para vivir, pero bien capaz de prolongar el sufrimiento y, sobre todo, de hacerme ir entrando lentamente en ese territorio fatal e irreversible del daño cerebral.

Fueron 50 minutos eternos y sin ninguna esperanza de que se oyera fuera el débil pitido de la alarma del respirador, 50 minutos de agonía que no quería que se volvieran a repetir jamás.

Ya no solo por ese momento agónico sino porque cada minuto de cerebro sin oxígeno mueren o se desconectan millones de neuronas, de modo que, a mayor ejercitación y aguante, más posibilidades de que te encuentren con el corazón aún latiendo, pero descerebrado o, lo que es peor, medio descerebrado, medio tonto, capaz de sonreír a una caricia y recordar algún nombre, pero no de saber cómo anda tu cuenta corriente ni qué gastos tiene.

En ese estado vegetativo no es probable que una persona sea capaz de discernir sobre temas éticos y los instintos de supervivencia ocuparán toda su voluntad: se agarrará a la vida como un animal, sin ningún criterio.

Me aterra esa perspectiva. Mi situación ya es bastante jodida y, ahora que lo pienso, el formulario de mi testamento vital no contempla bien tal posibilidad. Consultaré enseguida si es conveniente puntualizarlo ante notario y dejar claro que en el caso de haber quedado inconsciente tras una desconexión no quiero que se me vuelva a conectar, y que si se ha hecho por desconocimiento o por inoportuna piedad, si no estoy en un estado mental de plena consciencia, se me vuelva a desconectar en cuanto aparezca la asistencia médica. Dejo en manos de los médicos la decisión de evitarme de algún modo sufrimientos innecesarios.

Ana dejó de leer en la pantalla del iMac de J y solo dijo en voz alta:

—¿Testamento vital?

—Claro —contestó él—, para evitar un resto de vida mortal.

Mortal enfrentado a vital, de pronto las palabras tenían un significado diferente para la periodista. Casi un juego entre vitalidad y mortalidad, un juego extraño y nada divertido.

9

Luna llena

Chop suey, gyozas, tallarines, pato laqueado. La botella de Ribera mediada. La mesa puesta en la cocina con los manteles individuales de colores, servilletas de papel, palillos de madera, dos copas, una sola comensal. Caía la noche al otro lado de la ventana y la penumbra jugaba con la lucecita del frigorífico y el reloj del microondas.

«Cocina completamente equipada», decía el anuncio de la inmobiliaria que Sofía había mostrado entusiasmada a Pablo hacía apenas unas semanas, cuando buscaban un hogar que les prometiera un futuro juntos. Era perfecto para ellos, ni grande ni pequeño, con grandes ventanas y, sobre todo, con buenas vistas y mucha luz.

Ahora Sofía, sola en la cocina tan nueva, observaba los muebles blancos, asépticos, como de laboratorio o de hospital. Una larga encimera, «superficie de trabajo» la llamaban, quebrada solo por el fregadero de acero inoxidable. Invisible la lavadora tras un panel. Los números verdes del horno declaraban que eran las 23:02.

La llave giró en la cerradura. El sonido le erizó el vello, lo que avergonzó profundamente a Sofía. Décimas de segundo duró el sentimiento que pensaba que no volvería a tener jamás. La bombilla desnuda del recibidor alumbró al hombre.

—Estás a oscuras en la cocina, mujer.

—Hola, Pablo. Ya, no me he dado cuenta y no me ha hecho falta encenderla, entra mucha luz por la ventana. Hoy hay luna llena.

—¿Has cenado?

—He pedido comida china... ¿Has cenado tú?

—No, pero no tengo hambre.

—He abierto el vino bueno, ¿quieres una copa?

Al amor del vino y de la luna se miraron. Se pidieron perdón sin pronunciar ni media palabra. Se agarraron de la mano y se fueron a la cama. Ella se acurrucó en el refugio seguro que era Pablo, el compañero que siempre pensó que le gustaría tener.

—Mi niña —le dijo él—, a veces soy un borde, lo sé, pero hay mucha tensión en el trabajo y este pequeño caos tras la mudanza..., buf.

—No te apures —dijo ella—, lo entiendo, los dos tenemos que ir encontrando nuestro sitio en esta casa, muchas novedades en poco tiempo. Ya iremos ordenando poco a poco y todo tendrá su lugar.

Y el sitio de él fue entre las piernas de ella, en el dulce abrazo de los cuerpos que se conocen, que saben hallar los resortes de la entrega sin miedo, con la confianza del ave que se deja acariciar porque sabe que las manos que la envuelven nunca apretarán, solo le darán el necesario calor.

Aunque el calendario dibujara primaveras, los días eran aún más cortos que las noches largas en el largo final del invierno, todos los termómetros marcaban bajo cero. Los humanos se refugiaban bajo mantas y edredones, mientras las aves, con las plumas inflamadas, conservaban el calor de sus cuerpecillos.

Así encontró a los cernícalos al amanecer, como bolitas de nube en el alféizar, apoyados sobre una sola pata y los párpados aún cerrados. Qué equilibrio tan extraordinario, qué facilidad para sostenerse a la pata coja. «También la tendría yo si supiera que no iba a caer, que podía volar», pensó Sofía.

Pablo se había marchado muy temprano a la agencia y ella no se había enterado porque el sopor del vino y la pastilla combinados tenían un estupendo efecto, narcótico aderezado con alcohol. Aquellos fármacos, que aún seguía necesitando para dormir, la habían salvado de la locura tras la muerte violenta de sus padres, la imagen del amasijo de hierros en todas las televisiones, en las portadas de los periódicos. El dolor experimentado hasta la saciedad, convertido en unas líneas frías de teletipo: «Muere en el acto un matrimonio al estrellarse el coche en que viajaban contra el vehículo de un kamikaze».

Aquel hijo de puta había hecho una apuesta con sus amigos: era capaz de llevar el deportivo a toda velocidad en dirección contraria por la autovía. Otros coches lograron esquivarlo, el de sus padres, no. Ya había anochecido y estaban adelantando a un camión, el choque fue brutal. «La pareja hubo de ser liberada por los bomberos». El homicida también murió. Perdió la apuesta y abrió una herida que nunca dejaría de supurar en la vida de Sofía.

Su amiga Julia se pasó el día entero del velatorio junto a ella en la sala aséptica del tanatorio. «¿Sabes? —le dijo—, no sirve de consuelo, pero se han ido juntos, ninguno ha sobrevivido para sentirse culpable de la muerte del otro, no han sufrido. Intenta pensarlo así, es horrible pero a algo hay que agarrarse, cariño».

Sofía guardó las pastillas en el cajón de las medicinas y mientras se hacía el café siguió mirando aquellas aves adormiladas, tranquilas, relajadas, y sintió una envidia irracional. La envidia admirada hacia las parejas que se amaban, como sus padres; el amor incondicional y resistente al paso del tiempo. Así parecían quererse también los cernícalos.

10

De artistas

Las visitas de Ana a la casa de J se convirtieron en una costumbre. O algo más que una costumbre: una necesidad. Quería saber más de aquel hombre, entender su cabeza siempre alerta, ponerse en el lugar atroz donde la vida lo había colocado y hacerlo sin compadecerse, aunque eso a veces le resultaba muy difícil.

Sí, J había sido, y seguía siendo, un artista. La casa era grande, ella tardó en ver el resto de las habitaciones, ya que siempre la recibía en la misma estancia: la habitación invernadero, con el zumbido del respirador como música de fondo, una melodía tan monótona que Ana llegaba a olvidar que existía. Había dibujos en las paredes y esculturas de hierro en cualquier rincón, esparcidas por el suelo como en una exposición caótica. Bocetos, trazos, retazos, decenas de papeles en estanterías abarrotadas en aquel cuarto que, quizá, «antes de» había sido su estudio.

Ana nunca lo vio llorar. Al contrario, J se dejaba contagiar por la risa que cualquier anécdota provocara. Historietas, cotilleos. Adoraba los cotilleos, y la periodista atesoraba colecciones enteras.

—¿En serio que lo de la Sara Montiel es verdad?

—Te lo juro, lo he visto con estos ojos miopes. No dejó que la maquillaran ni la peinaran, salió maquillada y peinada de su casa, bien arreglada y llena de joyas.

—¿Con guardaespaldas?

—No, solo con el chófer.

—¿Y qué pasó?

A J le brillaban los ojos ante la perspectiva de que le contase una nueva historia alejada en el tiempo y el espacio de aquella cálida habitación. Y a Ana le gustaba rememorar momentos como ese para él. Su atento oyente.

—Llegó muy pronto. Si la entrevista era a las dos, a las doce y media ya estaba allí. Quiso ver el estudio y le dije que tuviera cuidado al entrar, el marco de las puertas de acero sobresalía y era fácil tropezar. Me dio las gracias y se adentró en el plató como una reina en su salón del trono. No miró el decorado, pero sí la silla donde iba a sentarse. Y, sobre todo, miró las tres cámaras del plató. «¿Cuál será la mía?», preguntó. El realizador le contestó: «En los planos cortos, esta, la número dos». «Vale, pues hay que ponerla ahí», replicó ella sacando de su bolso una media que dio al realizador como si eso fuera lo más normal del mundo. Él la miró con cara de asombro y ella insistió: «Ahí, en el objetivo de la cámara hay que poner esta media, y nada de planos cortos, y los generales, que sean muy generales».

—¡Es increíble!

—Pues tal como te lo cuento. Así se hizo la entrevista, con una media de cristal difuminando el plano. Con la Montiel tranquila, dominando la situación, sabiendo que las arrugas que no lograba tapar el maquillaje se desvanecerían a ojos del espectador y ella seguiría siendo la bella mujer de ojos verdes que siempre fue.

—Pero eso es una gran mentira, al volver a casa las arrugas siguen estando allí. No se pueden forrar todos los espejos con medias.

—Los de la farándula viven un poco de las mentiras. Tienen que vender su arte y su imagen. Si yo te contara...

—¡Cuenta, cuenta!

—Cuando era una pipiola en prácticas, al llegar el verano, los periodistas experimentados se fueron de vacaciones a la playa y a mí me mandaron entrevistar a los actores que estaban de gira por provincias. Yo apenas conocía a algunos por los *Estudio 1* de la tele y por aquel entonces no había ninguna Wikipedia de donde obtener datos sobre su vida y su trabajo. Menos mal que iba con un fotógrafo del periódico que tenía muchos años de oficio. Él me solía avisar: «Cuidado con este, que le gustan mucho las rubias» o «A ver qué le preguntas a este otro, que se mosquea con facilidad». Así que iba de camerino en camerino hecha un manojo de nervios y sin preparar las entrevistas, o con preguntas obvias de primeriza.

—¡Detalles, quiero detalles! —A J le brillaban los ojos como a los niños que aguardan a conocer el desenlace del cuento antes de quedarse dormidos.

—¿Te suena Antonio Garisa?

—¡Claro!

—Era un cómico estupendo, y no me acuerdo bien, pero creo que estaba de gira con un musical o algo parecido. Entrar en el teatro por la parte de atrás, por la «puerta de artistas», era muy emocionante. Había de todo en los pasillos, restos de decorados, cosas rotas llenas de polvo, jarrones con plantas de plástico y seguramente alguna rata también... Los camerinos no eran como los de las películas, sino más bien pequeños cubículos oscuros o con un ventanuco alto que daba a la calle. Solo había una cosa como en el cine:

los grandes espejos rodeados de bombillas de luz blanca, aunque algunas de ellas estaban fundidas desde vete a saber cuándo. Y allí llegué yo, con mi libreta y el boli y la ignorancia de quien empieza en el oficio y se cree algo. Aprendí mucho aquel día.

—Ya no puedo estar sentado mucho rato más y no quiero esperar al próximo día para saber qué pasó. Dale —la interrumpió J con una sonrisa en los labios.

—Llamé a la puerta y oí su voz, tan conocida. Un «Pase» bastante seco, la verdad. Y allí que entré, con el fotógrafo detrás de mí y un «Buenas tardes, señor Garisa». Y luego me quedé paralizada. Su cabeza era una bola de billar, estaba completamente calvo aunque en los carteles anunciadores y en las revistas lucía una mata de pelo. Sobre la mesa del camerino había una cabeza de esas falsas, de maniquí, con una peluca colocada encima. «Niño, ¿vas a hacer ya las fotos?», preguntó. El fotógrafo le dijo que sí y él se colocó el falso pelo con mucho cuidado y luego sonrió a la cámara ladeando un poco la cabeza y apoyando la mano en la barbilla. Después, como si tal cosa, se volvió a quitar la peluca o el peluquín y me dijo que podía empezar la entrevista.

»Mira que la he cagado muchas veces, J, muchas, pero aquella no se me olvidará nunca. Voy y le digo: "Señor Garisa, ¿cuándo tiene pensado retirarse? Son muchos años ya sobre las tablas". (Lo de "tablas" me parecía muy profesional, muy técnico.)

—¿Le insinuaste que ya era hora de jubilarse? ¿En serio?

—Calla, calla, que aún me pongo colorada al recordarlo. Eso le solté, sí. Se me quedó mirando fijamente y la cara se le empezó a poner roja, muy roja, hasta la calva enrojeció. El fotógrafo fue retrocediendo despacio hacia la puerta y el actor, con esa mirada de ojos algo saltones, me dijo: «¿Vas a retirarme tú de las tablas, vas a pagarme la pensión, sabes de qué va este oficio, niña?».

—Momento «tierra, trágame»...

—Lo que tragué fue saliva, me di cuenta de que era una idiota y le pedí perdón. Entonces reformulé la pregunta en plan «Es que no hay derecho a que los actores estén tan mal pagados y tengan que hacer giras por toda España y...». El hombre sonrió. Las rojeces fueron desapareciendo y debió de pensar que le había caído en suerte la más tonta de las becarias para una entrevista veraniega de relleno. Y con su capacidad de improvisación y su manejo de la situación, él mismo recondujo la conversación al terreno de la dura vida del teatro, de las pensiones de mala muerte donde se alojaban, de las giras mal pagadas y lo pobres que eran los artistas y lo poco valorados que estaban...

»Creo que escribí una entrevista bastante decente después de todo, y lo más importante: aprendí la lección. Ser joven y chulita no encaja bien con el oficio. Hay que saber escuchar.

—No te quejarás, soy un «escuchante» estupendo, ni me he movido...

Les dio la risa y se despidieron.

Ella supo que, como tras cada visita, necesitaría regresar pronto porque conversar con él era una forma de aprender, también de entender qué había sido de aquella pipiola ilusionada, nerviosa, exultante. Era ella quien contaba anécdotas a J, pero sabía que su compañía, a él, le hacía bien. Embutida en el abrigo, ya en la calle, se preguntó si no era a la inversa, si no era J quien, con su compañía, le estaba haciendo un inmenso favor a ella.

11

Amistad

«Buenos días, preciosas», les dijo a las aves. Y le dio la risa por aquello de hablar sola. «Mira que sois bonitos, pajarillos, qué mirada, qué pico, qué garras. Y lo que madrugáis. Eso sí es aprovechar bien el día». Sofía tomaba sorbos de café caliente y amargo, y se recreaba en la escena; parecía sacada de un documental de la naturaleza, de esos que suelen acompañar las siestas. Estaban tan cerca, qué maravilla.

Hizo un montón de fotos con la pequeña cámara digital; afortunadamente la había guardado en la caja con el rótulo ELECTRÓNICA junto con el ordenador y le había sido fácil encontrarla tras la mudanza.

La primera luz de la mañana volvía doradas las plumas, iridiscencias en gamas de grises y ocres, y la línea amarilla brillante en torno a los ojos. Eran bellísimos y estaban muy cerca, separados de ella tan solo por el cristal. Sofía se movía despacio para que no echaran a volar, pero ellos no parecían prestarle atención. Vigilaban el cielo. Las omnipresentes palomas, los gorriones ateridos, la pareja de cigüeñas que ya habían regresado al nido del campanario de la única iglesia cercana.

Cuando volaban las cigüeñas, los cernícalos se agachaban un poco, como si les sobrevolara un Jumbo; eran muy grandes para ellos, quizá amenazantes. Al atardecer las enormes cigüeñas parecían obedecer una orden secreta y volaban juntas en una misma dirección; formaban una bandada más parecida a los aviones de una división aérea a punto de atacar objetivos en tierra que a aves que, estaba casi segura, iban en busca de alimento en el vertedero cercano.

Acertó el anuncio de la inmobiliaria, aquella casa tenía vistas y permitía a los habitantes de la ciudad asomarse a vidas silvestres por lo general ignoradas.

En la encimera, Sofía encontró una nota con la letra apresurada, casi de médico, de Pablo: «No me esperes a comer, tengo una reunión con los de emisiones, hay algo grande en marcha. Besos».

«Besos. Bueno, algo es algo, lo de anoche fue hermoso».

El día le dejaba pocas opciones. Enfrentarse de nuevo a las cajas e intentar colocar, al menos, el contenido de una cada día, o... llamar a su amiga del alma.

—¿Julia? ¡Hola!

—¡Hola, Sofía! Qué bien que llames. ¿Qué tal la mudanza?

—Bueno, aún está todo en las cajas, sin ordenar, la verdad. ¿Tienes un rato para vernos?, igual podemos quedar y tomar un café.

—Claro, hoy libro, tengo mil recados que hacer pero vale, quedemos. ¿Te pasa algo?

—¿A las once en la plaza Mayor, donde siempre?

—Qué misteriosa. Perfecto, en un rato nos vemos. Hasta luego.

—¿Te pasa algo?

Sofía se sintió adolescente pensando en qué responder a su amiga de la infancia. «El chico que me gusta no me hace caso». «No tengo nada que ponerme». «Mi madre me ha reñido por no ordenar el cuarto». «La profe me tiene manía». «Mi padre está empeñado en que estudie Derecho». «No sé si cortarme la melena». «No tengo dinero para el pintaúñas que me gusta».

«Qué asco de vida».

12

La temperatura

¿Podrás venir hoy? Besos.

Así de escueto era el correo electrónico. A Ana no le costó imaginarse a J escribiendo las cuatro palabras, con sus interrogantes y todo, a base de soplidos en el teclado virtual del ordenador. Un esfuerzo inaudito. Y pensó en toda la gente, con manos y dedos con movilidad perfecta, que no contesta a los mensajes porque no tiene tiempo, las excusas peregrinas que a nadie convencen. Buscó el aparato en internet. *Headmaster.* La cabeza piensa y quiere escribir, pero las manos están inmóviles y el teclado físico es un estorbo en la mesa, un periférico inútil salvo que alguien traslade a la pantalla lo que a él le costaría horas de esfuerzo y, probablemente, desesperación.

Claro. A la hora de siempre estoy ahí. ¿Te llevo algo?

Con que vengas tú es más que suficiente. Besos.

En sus visitas Ana siempre procuraba llevar ropa fina bajo el abrigo porque en la habitación del ordenador había realmente un pequeño microclima. La temperatura era constante porque un resfriado y los consiguientes mocos podían matar al habitante inmóvil.

De tenerlo todo controlado se encargaba una serie de personas, siempre mujeres, que se turnaban todas las horas del día y la noche para ayudarle en los rituales imprescindibles: aseo, movilización, traslado de la cama a la silla, masajes, alimentación, hidratación, calor y humedad. Y cariño. Ese reducido ejército de cuidadoras, sonrientes y atentas a cualquier evento fatídico (por ejemplo, un corte de luz que apagase el respirador), se volvían invisibles cuando alguien estaba con él. Ofrecían al visitante un café o un dulce y desaparecían en las profundidades de la enorme casa.

Ana se iba fijando en más detalles en cada visita. La vivienda parecía llena de vericuetos, pasillos y salones. Una galería luminosa en la parte de atrás servía de almacén de cachivaches, proyectos de esculturas, experimentos con la materia, obras imaginadas que nunca llegarían a concluirse. Aquella era la casa-estudio de un artista, cada uno de sus rincones lo revelaba. Pero los proyectos se quedaron inconclusos, al detenerse también la vida del hombre que iba a darles forma.

—¿Sigue haciendo mucho frío? —le preguntó J en cuanto Ana entró a la habitación invernadero quitándose el abrigo.

—Muchísimo, menudo invierno hemos tenido este año, no recordaba otro tan helador, se ha quedado con nosotros casi hasta la primavera, o igual es que me estoy haciendo más quejica con los años.

—Yo... Yo, antes de esto, disfrutaba igual con el frío que con el calor. Quiero decir, tampoco se puede hacer nada contra los avatares del tiempo, así que es mejor no quejarse.

—¿Sabes qué decía mi padre? Era muy friolero, en pleno

verano iba con camiseta y calcetines gruesos. Pues cuando llegaba el calorazo y todos estábamos sudando la gota gorda él decía: «Qué bien, por fin han encendido la calefacción en la calle».

Ana añoraba tanto al padre prematuramente fallecido que no pudo evitar contárselo a J, aunque prefería no desahogarse con él, bastante tenía ya con lo suyo. El padre de Ana era abogado laboralista pero siempre había tenido afición al cine y los últimos años de su vida los dedicó a la cuidadosa recolección de viejas películas documentales.

—¿De la naturaleza? —preguntó J muy interesado.

—No —contestó Ana—. Sobre todo costumbristas, cine que rodaban aficionados, recogía desde bodas hasta las visitas reales a la ciudad, las fiestas, los encierros. Muchísimos rollos de celuloide que guardaba la gente en sus casas y que, probablemente, nunca habían vuelto a ver. Él los iba reuniendo y digitalizando. Luego escribía guiones para contar poco a poco la historia de las gentes y las calles, cómo se había ido transformando todo. El día en que murió —Ana frunció el ceño— estaba trabajando en su última película, la dejó inconclusa...

—Qué grande tu padre y qué bueno lo que hizo al guardar esos recuerdos, ojalá lo hubiera conocido, me habría caído estupendamente, estoy seguro. Oye —dijo J cambiando de tema—, quería consultarte una cosa.

De pronto se puso muy serio, más trascendente que en otras ocasiones, incluso más que cuando le hablaba de desastres, ahogos y pánico. Ana sintió que aquella frase precedía a algo importante para su amistad, porque la relación entre ambos era lo más parecido a una amistad que había tenido en mucho tiempo.

—Dime.

—¿Es difícil abrir un blog?, ¿es caro?

Ana se sorprendió, no esperaba una pregunta así.

—Es muy fácil y gratis, además. ¿Por qué?

—Ya has visto que tengo demasiados textos en el ordenador, es todo un poco caótico, y me gustaría ordenarlos y reunirlos para que más gente pudiera leerlos, ¿qué te parece?

Ana volvería a pensar en aquella conversación tiempo después, mucho tiempo después. Aquello significaba que J necesitaba algo más que una carta al director de un periódico para dejar constancia de su vida y de sus reivindicaciones. No quería una entrevista en la televisión, algo volátil e inconsistente que se olvida nada más terminar el programa. Necesitaba otra clase de público, otra manera de comunicar su historia.

—Me parece una idea estupenda. ¿Te ayudo?

—Todavía no, primero tengo que tener claro qué voy a contar y cómo, organizar lo que ya he escrito y corregir. Si va a leerlo más gente, no quiero que piensen que soy un patán.

—No te imaginas la cantidad de gente que abre un blog y se pone a escribir sin pensar, como si fuera un diario personal, solo que abierto a quien quiera asomarse a él.

—¿Y se queda siempre ahí todo publicado? —Había un asomo de duda en los ojos de J, algo parecido al temor.

—En principio sí, salvo que tú mismo lo borres o que cerrase la empresa que le da soporte, pero lo abriremos en una que sea fiable, una de esas que duran mucho.

—Genial. Es que tengo un plan...

Un plan. Ana guardó silencio un momento y también guardó sus ansias de preguntar cuál era ese plan del que ella iba a formar parte.

—Pues qué bien poder ayudarte.

—Sí, me vas a ayudar y mucho, seguro. —Otro silencio pensativo y luego añadió—: Gracias.

—Ni se te ocurra...

—¿El qué?

—Darme las gracias. —La periodista no quiso disimular una sonrisa de complicidad—. He de marcharme ya, debo preparar un montón de cosas para un trabajo que tengo pendiente. Si te parece, para avanzar, buscaré plantillas de blogs que me gusten; te las enseño el próximo día y así vas eligiendo y planeando.

—¡Gra...! Huy, perdón.

Como tantas otras veces, se le rompió la risa en la garganta, pero en esta ocasión no hubo desperfectos en el tubo del cuello. En los ojos le brillaba la ilusión por tener un propósito, un proyecto. ¡Desde luego que lo tenía!

Ana regresó paseando a su apartamento, casi siempre lo hacía después de visitar a J, le servía para masticar sensaciones, para intentar entender el mundo tan reducido y al tiempo tan inmenso que rodeaba al hombre inmóvil. Cuando llegó a su casa había un sucinto correo en la bandeja de entrada:

> Qué rica visita. ¿Me dejas que te diga además que tienes un tipo estupendo?

Leyó las dos líneas del correo electrónico con una sonrisa estúpida en la cara. «"Un tipo estupendo"... ¿será bobo?».

A los pocos días de empezar a visitarlo Ana se dio cuenta de que aquel mundo construido a la medida de J, a la medida de su accidente, era un universo femenino. Desde las cuidadoras y algunas visitas cuyo nombre no decía, pero a las que siempre se refería con un «ella», hasta las periodistas que (como ella misma) habían intentado que fuera tema de un reportaje o una entrevista. Todas eran mujeres, siempre mujeres.

J había sido y seguía siendo un hombre atractivo. Ni la inmovilidad ni su aire de robot habían atenuado el encanto de los ojos claros que casi siempre sonreían tras las gafas.

En una ocasión Ana había visto unas fotos de «antes de» desparramadas entre papeles, en ellas aparecía J disfrazado de jeque o de marqués o de rey en lo que parecía una fiesta en aquella misma casa enorme. Le resultó curioso que en todas las imágenes J siempre apareciera rodeado por mujeres que también sonreían, que probablemente habían gozado de horas de conversación profunda y de asuntos más interesantes todavía y más gozosos físicamente. En algunas de esas imágenes llevaba una cresta de punk pintada de colorines.

Por un momento Ana anheló haberlo conocido en aquella época, pero ahora daba igual; aun inmovilizado, dependiente, dolorosamente dependiente, seguía siendo un hombre atractivo. Un tipo seductor.

13

El café

—¿Te pasa algo, Sofía?

Sofía y su amiga estaban en el café de nombre rimbomban-
te. Los veladores de mármol, las incómodas sillas con respaldo
de madera que se clavaban en la espalda, los estirados y anti-
páticos camareros, las luminarias gigantescas y los clientes de
siempre, como si fueran figurantes en una escena que, de no
ser por la ropa, podría pertenecer al siglo XIX. Gentes que pasaban allí las frías mañanas desde octubre hasta abril, cuando
ya atemperaba el largo invierno y se podía salir a la terraza.

En aquel interior caluroso que olía a churros y bollería a
la plancha los parroquianos leían el periódico local empezando por las esquelas para ver quién no volvería más allí a
desayunar, comentaban alguna noticia con el vecino de
mesa sin jamás compartirla, cada cual sentado a la suya hasta, quizá, empalmar el café matutino con el vermut.

—Si hubiera tarifas por la estancia en vez de por la consumición esto sería un negocio redondo, yo les cobraría por
horas como en un aparcamiento —le decía un camarero
amargado a otro— y, encima, piden vasos de agua, hay que
joderse. ¿Qué va a ser, señoras? —dijo entonces, muy profesional, acercándose, bandeja en ristre, a las mujeres.

Las dos amigas ya no se enfadaban como antaño por que las llamasen «señoras» y pidieron dos cafés con la leche muy caliente. Sabían que se los servirían en un vasito de cristal a una temperatura tal que habrían de sujetarlo casi por el borde y con apenas dos dedos, para no abrasarse.

—Me pasa… No te sé explicar. Después de la mudanza estamos como… como raros, pero es a ratos, la verdad. Ayer hasta nos gritamos y hoy me ha dejado una nota en la encimera en la que decía que no vendría a comer a casa. Bueno, también hicimos el amor anoche y fue estupendo, pero hay algo por dentro que me agobia.

—Vamos a ver, los gritos ¿por qué eran? ¿Los nervios de la mudanza, quizá? —quiso saber Julia.

—Si te lo cuento, igual hasta te ríes. Resulta que han empezado a venir unos pájaros a la ventana de la cocina y a mí me tienen maravillada porque no son gorriones ni palomas, son unas rapaces preciosas. Se llaman cernícalos.

—Suena a insulto…

—Lo es, en el diccionario dicen que un cernícalo es un «hombre ignorante y rudo».

—Vaya por Dios, pues qué pena si dices que son tan bonitos.

Sofía echó mano al bolso grande que siempre llevaba consigo. Si cambiaba de bolso se olvidaba de la mitad de las cosas, así que solo lo sustituía cuando se caía de viejo.

—Mira, mira las fotos, aquí está la pareja, él es el de la izquierda, con la cabeza gris azulada, ella es más marrón. Se los distingue muy bien.

—¡Madre mía, tienes más fotos de ellos en la cámara que las que otros tienen de su familia!

—Es que me han impresionado. De verdad te lo digo, es algo mágico acercarte a la ventana y ver que están ahí, al otro lado del cristal y bastante tranquilos.

—¿No se asustan?

—No, incluso miran hacia dentro, como curioseando. He probado a abrir un poco la ventana y entonces sí que levantan el vuelo, pero no van muy lejos, se quedan esperando en la casa de enfrente y, al cabo de un rato, vuelven a la jardinera.

—A ver, que yo me entere, ¿habéis discutido por los pájaros?

—Sí y no.

—¿Pablo odia a los pájaros como tanta gente que no los soporta? Es culpa de Hitchcock, así te lo digo. Después de ver esa película hasta una bandada de gorriones te asusta.

—No, él no los odia, hasta le hicieron gracia las primeras veces que los vimos.

Pidieron dos vasos de agua al camarero que miró de reojo a su compañero, como afirmando su teoría de que, además de tirarse media vida en la mesa, los rácanos de los clientes solo pedían una consumición. Así no podía funcionar ningún negocio. Y menos mal que ya no regalaban una pasta con el café o unas aceitunas con el vermut, porque entonces nadie pedía nada de comer y eso ya era la ruina.

—Pues no entiendo que hayáis discutido. Tú pediste vacaciones para la mudanza, ¿no? ¿Ha vuelto él al curro?

—A mí me quedan diez días aún, pero sí, él ha vuelto a trabajar, aunque podría haberse quedado más tiempo en casa, hasta rematar la tarea o, al menos, hasta poner un poco de orden... Eso fue lo que le cabreó, que no encontraba no sé qué. Ah, sí, una corbata —recordó en voz alta Sofía—. Por lo visto, yo tengo que saber dónde está exactamente cada cosa, incluidas SUS cosas.

—Chica, no es para tanto. Vosotros siempre os habéis organizado y tenéis las tareas bastante repartidas, no como el imbécil de mi ex, que parecía que yo era su madre. Qué te voy a contar que no sepas. Yo creo que estáis alterados por el cambio de casa y por la hipoteca, que eso altera, y mucho. ¿Dónde está él ahora?

—Trabajando, me escribió que tenía una reunión para tratar de algo importante.

—No le des muchas vueltas, en serio; esta tarde cuando vuelva habláis, que dejar las cosas enquistadas es horrible, haces como que no pasa nada y por ahí, en algún sitio, se te va quedando un poso amargo que no conduce a nada bueno. Oye, linda —añadió mirando el reloj—, me tengo que marchar.

—Claro, vete, no te preocupes. Después de hablar contigo tengo la sensación de que todo son bobadas mías, que no es para tanto...

Eran amigas desde que tenían memoria, desde que el azar y los apellidos las colocaron juntas en el pupitre del colegio de monjas. Y, azares de trabajos y lugares, la vida las había vuelto a reunir en aquella ciudad mesetaria que ya era su casa desde hacía muchos años.

El colegio. A veces pensaba en el esfuerzo que habían hecho sus padres para pagar aquella institución privada. En su casa entraban los menguados sueldos de tres trabajos paternos, todo el día fuera, a destajo, para apenas llegar a fin de mes. Había un colegio público enfrente de casa pero nunca consideraron la posibilidad de llevarla allí. Así que con seis años, un uniforme de falda tableada y el pelo recogido en una coleta aterrizó en aquel caserón de las monjas. Lo recordaba ahora con oscuridad. Allí aprendió, sobre todo, a callar. Era mejor no decir ni pío cuando la hermana ridiculizaba a la niña gorda de clase, cuando castigaban a la miope porque no veía la pizarra o a ella misma, que coleccionaba dioptrías. En ese momento parecía surrealista pero entonces era muy real y, de alguna manera, aún le dolía.

Las clases de gimnasia requerían un vestuario específico. ¿Chándal? No, por Dios, qué ordinariez. La gimnasia se hacía con bombachos, una faldita encima, una blusa de manga corta y un chaleco; todo azul. Cuando el calor apretaba, allá por mayo, se podía no llevar el chaleco.

Las gafas, ese era el problema. No resultaba recomendable usarlas en clase por si se rompían, así que las miopes (ella lo era, y mucho) habían de moverse entre saltómetros y plintos casi a ciegas. Imposible calcular las distancias para un salto decente, las piernas infantiles llenas de moretones y una profesora que se burlaba de la torpeza de las «rompetechos», así las llamaba, como el personaje de los tebeos. Aunque alguna ventaja había de tener ser muy cegata: cuando una monja moría y obligaban a las niñas a pasar por la sala mortuoria y rezar ante la cerúlea figura con hábito negro, ella se quitaba un momento las gafas, lo veía todo borroso y desenfocado, y así no se quedaba con el recuerdo del rostro muerto.

Sí, entre lo poco bueno del colegio estaba haber encontrado a su amiga del alma. Se levantó de la incómoda silla del velador (en ese café siempre recordaba las mesas de mármol hechas con viejas lápidas de cementerio en *La colmena* de Cela) y salió de nuevo al frío intenso de la plaza Mayor.

El aliento se dibujaba ante ella, todos los caminantes iban orlados con la respiración visible. Vaya primavera heladora. Sofía no pensaba en las cajas aún por abrir, ni en la medio bronca con él, solo deseaba ir a la vetusta tienda de tejidos y comprar unos visillos para la ventana de la cocina. ¿Qué hacían los cernícalos cuando ella no los veía? También pensó que estaría bien usar el abandonado blog para escribir las andanzas de las aves y publicar las fotografías.

Abrió el blog cuando estudiaba la carrera y quería ser escritora porque solía ganar los concursos de redacción que se organizaban en el colegio. Allí descansaban viejas reflexiones que casi nadie leía, pero, estaba segura, alguien se interesaría por esa nueva historia: la rareza de unas rapaces que vivían en plena ciudad, el amor que parecía profesarse la pareja, él con su cabeza gris, ella con ese tono ocre que casi se mimetizaba con la tierra cuando se metía en el hueco donde deberían crecer cebollino, perejil, hierbabuena o tomillo.

14

La caverna

La bandeja de entrada de Ana se iba colmando con correos de trabajo, publicidad y cartas de J, pero estas últimas eran lo único que le interesaba y a veces la desconcertaba.

¿Quién me iba a decir que el fruto de aquella carta al periódico iba a ser el tesoro de conocerte? La vida es que es tan rara..., tantos años en la misma ciudad, con tantas afinidades y nos vamos a encontrar así..., aunque vete a saber..., que la realidad es muy perversa.

«El tesoro de conocerte». La frase en el breve correo le sonaba extraña y hasta peligrosa. Si lo hubiera escrito alguien que no fuera él, un hombre con plenas facultades físicas, Ana habría considerado esas palabras como un descarado «tirarle los tejos». Lo de las afinidades era cierto, lo habían descubierto charlando sobre sus respectivos pasados. Ambos, con una edad parecida, conocieron los tiempos de la oscuridad franquista de cuando no había internet y una llamada de teléfono podía comprometerte, de cuando lo más parecido a los inexistentes teléfonos móviles eran las cabinas de la calle. Los tiempos de revoluciones soñadas, de carreras ante los grises, de pasquines impresos por la noche a ciclostil, de células que conformaban un tejido revolucionario incipiente y, luego se vio, fallido.

Finales de los setenta, con el dictador recién fallecido y las calles atestiguando una mezcla de libertad y de miedo. A ella aquello le pilló en el norte, en los tiempos del terror, de los asesinados en mitad de la calle, tapados de cualquier manera con una manta, de lo que luego llamaron «años de plomo» quienes no los habían padecido. Qué costumbre absurda, bautizar sonoramente las tragedias, nombres rimbombantes para lo que se resumía en miedo y más miedo. De eso iba el terrorismo y bien que logró su cometido: sembrar el terror. A él le tocó vivir esos años en la meseta, entre los «chinos» de la ORT o el Partido de los Trabajadores, los comunistas auténticos y los advenedizos, los disidentes. Los camaradas.

Sí, prolongaban las conversaciones de las visitas en la habitación invernadero con los correos electrónicos que él escribía a veces compulsivamente, como si tuviera prisa en hablar, en contar a la periodista cómo era su vida «antes de». Así Ana descubrió la atracción del hombre inmóvil por las cavidades subterráneas, por su enorme fascinación misteriosa y acogedora. J describía las cuevas como úteros cálidos, envolventes, refugio y trampa al mismo tiempo. Le contó cómo exploraba las profundidades con la pasión de un descubridor. Era un amante de la espeleología.

Ana se imaginaba el pasado de J como una aventura permanente y arriesgada, a veces como un revolucionario encabezando protestas, otras, agachado en las cuevas, deslizándose por gargantas y oscuros recovecos, la revelación de ocultos mundos. Ahora…, ahora todo aquello eran solo recuerdos de una vida ya imposible, la vida «antes de», en la que tenía capacidad para descubrir las maravillas del mundo.

15

El blog

Discutió un poco con el vendedor. Él quería poner un riel y que los visillos quedasen bien instalados y no la chapuza que pretendía Sofía.

—De verdad, con un tejido algo transparente y un velcro me apaño.

—Pero, señora, eso no aguanta ni medio año; en cuanto los lave, el velcro perderá adherencia y se caerá, luego no quiero reclamaciones.

—Tranquilo, es algo provisional. Tampoco necesito dobladillos ni nada. Con las medidas que le doy, me corta la tela, le añade el velcro y me lo llevo.

Entró en casa feliz con su paquete. Le faltó tiempo para subirse a una silla de la cocina y colocar los visillos en aquella ventana que prometía maravillas. Grapó el velcro en la caja de la persiana y listo, una barrera visual para que ella pudiera observar los animalitos a placer sin que ellos se asustaran.

Entonces se dio cuenta de que no había comprado el pan ni había llamado al carpintero, el frigorífico seguía medio vacío porque no se llena con la imaginación y las cajas acumuladas en el cuarto de estar, donde ni se estaba ni se era, no se habían movido un milímetro. La comida china de la víspera se había convertido en un pegote en los envases de cartón, a saber qué le ponían para que recién hecha estuviera apetecible y en unas horas ni siquiera se pudiera identificar el contenido. «Bueno, no te agobies», pensó, tampoco es que tuviera apetito y Pablo no iba a ir a comer, con el café aguantaría hasta la hora de cenar.

«A ver, no, no se puede aguantar con un café todo el día, te estás trastornando. Hay que comer, tienes que comer». Hizo caso a esa voz interior que parecía la de una abuela algo pesada y se preparó un sándwich de jamón y queso; tampoco lo que había en la nevera daba para mucho más.

Sentada a la mesa en la cocina se quedó mirando los visillos y el hueco que quedaba entre ellos y el cristal. Allí estaba la parejita. Corrió a por la cámara y se dispuso a hacer de *paparazzi*. ¡Clic! Qué suerte, la nueva cortina no les había extrañado, ellos seguían a sus cosas entre el alféizar y la tierra de la jardinera. ¡Clic! Unas plantas tan especiales que no crecen en los viveros ni en los jardines de los palacios. ¡Clic! Las aladas plantas casi al alcance de la mano. Era tan hermoso aquello. ¡Clic! Tan extrañamente hermoso.

Descargó las fotos en el ordenador, ya tenía más de cien con las aves como protagonistas. Al alba y al atardecer, con un rayo de sol o con la niebla amenazando con volver invisible la ciudad entera. Creó una carpeta llamada «Cernícalos» y fue subiendo las imágenes al blog para guardarlas en borradores. Un cajón de sastre que iba a administrar con más cuidado porque le pareció que compartir esa historia sería tan hermoso como vivirla. Toda la vida rodeada de libros, siempre quiso escribir, siempre escribió mucho pero no hubo más lectores que ella. Era el momento de tejer una cálida manta de palabras para los tiempos fríos, algo suave, dulce y acogedor también para los demás.

16

El viajero estelar

Aquellos días de primavera con un tiempo claramente invernal tuvieron a la periodista ocupada en los típicos y tópicos reportajes sobre la nieve. Los editores de los informativos tenían una suerte de obsesión por enviar a los periodistas al monte, a los paisajes blancos y heladores; una obsesión de la que carecerían, claro estaba, si fuesen ellos quienes tuvieran que chuparse el frío intenso y los largos viajes por carreteras que eran como pistas de patinaje.

Cuando consiguió volver a casa y poner la calefacción a tope para descongelarse escribió a J y le adjuntó una fotografía. La respuesta fue casi inmediata.

> Qué pasada el paisaje. Hasta hace un rato no había sido capaz de llegar al ordenador y, gracias a ti, me encuentro con esta maravilla. He amanecido con la tensión baja, pero ya me ha subido ¡¡tengo 6-4,5!! Veré si poco a poco puedo coger tono mientras leo el periódico y luego escribir más. Sin saberlo, con esa foto me has hecho un estupendo regalo de cumpleaños —53—. Besos.

Ella le había enviado una foto de un paisaje nevado que le habían tomado mientras trabajaba a la intemperie. Ese era el estupendo regalo. La naturaleza atrapada en un instante, en una imagen congelada ignorante del calendario humano que aseguraba que ya era primavera.

En una ocasión J le contó que en el pasado solía bajar del monte provocando aludes, sin miedo ni vértigo; que el estruendo de las piedras al rodar, de la tierra al deslizarse, era una música brutal, nacida del interior de esas cuevas oscuras donde él se adentraba sin temor, porque las entrañas de la tierra acogen. J describía con pasión las gargantas subterráneas, decía que eran un útero cálido, húmedo, preñado de un silencio asombroso. Y también de un ruido que no cesa, el rumor de lo oculto.

Pero a J también le apasionaba lo estelar, el universo, lo brillante y lejano. En una de aquellas largas cartas le llegó a copiar el «Viaje séptimo» de los *Diarios de las estrellas*, de Stanislaw Lem. El protagonista, Ijon Tichy, el viajero del espacio y el tiempo, encajaba perfectamente con el propio J. Un viajero inmóvil, cargado de ironía, que había de enfrentarse a sus sucesivos y precedentes yoes.

Ana y J hablaban muy a menudo del sentido de la vida. O, mejor dicho, del sinsentido de la vida. Ana desnudó sus sentimientos un día en el que conversaban sobre el momento terrible que antecede a una tragedia. El día en que, tres años atrás, perdió a su padre. Aquel segundo exacto en el que todo era normal y deja de serlo porque suena una llamada que anuncia lo irreversible y se convierte en un viaje sin retorno al añorado instante anterior, el de la rutina y la normalidad. «No somos conscientes —se decían— de lo que supone tener "una vida normal", sin sobresaltos».

—Ocurrió un sábado como los demás, un caluroso día de junio —siguió narrando Ana con un nudo en la garganta—. Fue un sábado de ir al supermercado, de recoger un encargo, de desayunar con calma, de saber que aún queda fin de semana por delante. Hasta que sonó el teléfono y una voz gritó: «¡Ven, tienes que venir, ha tenido un derrame cerebral, está en coma!». Una docena de palabras que hicieron de aquel sábado la terrible excepción de todas las rutinas. Una llamada ilustrativa de lo bien que estamos hasta que dejamos de estarlo. La fracción ínfima de tiempo que permanece detenida y se hace eterna en la memoria.

Tres años sin su padre, cuánto lo añoraba Ana.

17

El vecino y su señora

Sofía le envió un mensaje:

Cuando termines de trabajar ¿vamos al súper? El frigorífico está tan vacío que hay eco.

Pablo tardó bastante en responder:

Vale, te recojo a las ocho, ¿bien así?

Ella le contestó con un «Ok». Tenía un par de horas para
contar en el blog la llegada de la pareja de cernícalos a la
ventana, para ilustrar con fotos bien escogidas esa extraordinaria visita alada, los movimientos acompasados de ambos, su facilidad para alzar el vuelo y perseguir a las urracas
con ferocidad. «Son muy macarras los cernícalos —le dijo
una amiga bióloga con la que había intercambiado algunos
correos por si le daba más información sobre sus nuevos
vecinos—. Las urracas, también, pero los "cernis" tienen las
de ganar, son rapaces, vuelan de maravilla y las urracas no
son un enemigo para ellos».

«Tienen enemigos —se dijo—. Cómo pueden tener enemigos unos bichos como estos». En ese momento sonó el timbre de la puerta. No recordaba que tuvieran que traer ningún pedido, lo de la mudanza ya estaba todo en casa, desordenado, eso sí.

—¿Quién es? —preguntó.

—Soy el vecino de abajo —contestó una voz masculina.

—Hola —dijo tras abrir un poco la puerta, no mucho.

—Buenas tardes, verá, ya sé que son nuevos en el edificio.

—Sí, acabamos de mudarnos.

—Pues tenemos un problema —dijo el hombre con cara muy seria.

—¿Perdone? No entiendo, no creo que hayamos hecho más ruido de lo normal en una mudanza.

—No, no es el ruido. A ver, ¿ustedes crían pájaros?

—Eh... No, claro que no.

—Pues algo pasa en su cocina porque mi señora tiende la ropa y cuando la recoge está llena de cagadas de pájaro.

«Mi señora», eso la exasperaba.

—Hombre, hay muchas palomas por esta zona, y urracas y gorriones...

—Pues hasta que ustedes han llegado no nos había pasado nunca, por eso creo que crían algún pájaro.

—Le he dicho que no criamos nada, no tenemos ninguna mascota, así que siento mucho lo que le pasa a «su» señora, pero no es culpa nuestra.

—Ya, lo que usted diga, pero si veo algo raro llamaré al administrador —concluyó amenazante el vecino, con la cara enrojecida.

—Llame a quien le dé la gana. Buenas tardes.

Sofía cerró la puerta indignada. Vaya estreno con la vecindad. En las películas americanas los vecinos iban a dar la bienvenida a los nuevos, les llevaban una tarta o un bizcocho y alababan la exquisita decoración y la disposición de los muebles. Claro que en las películas también preparaban unos desayunos más apetecibles que los de un bufet de hotel de lujo y luego nadie desayunaba. El pequeño Tommy perdía el bus escolar, el padre salía pitando porque llegaba tarde a una reunión en un rascacielos de Manhattan y la madre..., pues es de suponer que recogía cereales, zumos, tostadas y los guardaba de nuevo. Eso sí, luego se tomaba un café ella sola en la enorme cocina. El café y la cocina y la casa, todo era enorme en las películas norteamericanas. Y falso, claro.

Todavía mosqueada por la intromisión del vecino, volvió al ordenador y se entretuvo en dar formato a las fotografías de las hermosas aves. Que cagaban, por supuesto, como todo bicho viviente. Ya era mala suerte haber ido a dar con unos vecinos tiquismiquis. No habían coincidido aún con ninguno más, salvo algún que otro cruce en el portal. El edificio era grande, cuatro pisos en cada planta y había diez en total, la suya era la última.

Sonó el telefonillo.

—¿Bajas? Estoy en la puerta en doble fila.

Se puso los zapatos y en dos minutos estaba en el coche con la calefacción a tope. Aquel era un abril muy frío y todavía había nieblas cercando la ciudad.

—Hola, cariño, ¿qué tal el día? Yo, harto de reuniones y más reuniones, aunque lo de la última tiene muy buena pinta. Ojalá llegue el día en que todo se haga por videoconferencia y no haya que quedar pillado en mil atascos para atravesar la ciudad.

—Vaya... Pues yo he ordenado un poco —era mentira, pero sentía que tenía que justificarse—, he tomado un café con Julia y he comprado unas cortinas para la cocina, unos visillos más bien. Y ahora mismo estaba alucinando porque acaba de subir el vecino de abajo para quejarse.

—¿Para quejarse? ¿De qué?

—De que criamos pájaros, dice, y que le cagan la ropa que «su señora» tiende.

—¿Los cernícalos cagan?

—Hombre, me imagino que sí, todos los pájaros cagan. Y ha añadido que si sigue así la cosa va a llamar al administrador.

—Será imbécil. En la primera junta de vecinos se va a enterar.

Así son las cosas a veces, no hay como tener un enemigo común para que las rencillas internas se disipen.

Fueron al hipermercado y compraron un montón de esas banalidades necesarias: patatas, leche, jabón de lavadora, huevos, aceite, pan de molde… Llegaron a casa al filo de las diez de la noche. Cansado él, algo contenta ella, pues parecía que nada había descarrilado, que el portazo había sido solo un pronto y que la vida volvía a su ser y a su estar en la casa con vistas.

Guardaron la compra, prepararon una cena de picoteo y se sentaron para ver la tele en la mitad del sofá libre de trastos; en la otra se acumulaban fotografías enmarcadas que aún no habían decidido dónde colocar.

—Mañana sin falta llamo al carpintero —dijo ella.

—No te agobies, el fin de semana iremos ordenando entre los dos todo lo que podamos. ¿Han venido hoy los cernícalos? —preguntó Pablo.

Su voz sonaba cálida y a ella se le iluminó la cara. Le contó que sí y que había hecho muchas fotos y que iba a organizar el blog para que otros pudieran disfrutar de aquel bonito espectáculo de la naturaleza.

—Me alegro de que hayas retomado el blog, hacía mucho que no escribías. Cuando te conocí me encantó leerte, era como descubrirte a fondo.

Sofía se emocionó. En los últimos tiempos la rutina les había ido alejando de aquellos días de descubrimiento. Para ella, que venía de un naufragio, Pablo fue la inesperada calma. Y no quería que eso cambiara nunca.

Dejaron que la televisión siguiera expulsando concursos insustanciales, tertulias de sabelotodo y anuncios de productos prescindibles, y comenzaron a acariciarse el pelo, el rostro, los ojos entrecerrados, la piel erizada. El deseo y la ternura estaban de vuelta en casa.

Subieron el termostato de la calefacción y se fueron a la cama. Bajo el edredón se acariciaron y se besaron y se amaron de nuevo con toda el ansia acumulada tras las tensiones. Él se durmió enseguida y ella se quedó pegada a su costado.

Sofía soñó que la ventana se había quedado abierta y los cernícalos entraban en la cocina y hablaban con ella. Al despertarse quiso recordar la conversación que en sueños mantuvieron, pero no pudo. Era capaz de ver sus caras, los picos que se abrían y se cerraban, las lenguas diminutas que asomaban, la penetrante mirada con el cerco amarillo en torno a los ojos, la pose tranquila de ambos sobre la mesa de la cocina, como amigos de confianza que se acomodan para charlar, pero le faltaban las palabras de aquel imposible diálogo entre una humana y dos aves rapaces.

18

Tradiciones

Había días en que recibía dos o más correos electrónicos. Aquellas cartas digitales completaban conversaciones que habían mantenido durante las visitas, y eran tan caóticas como los diálogos cara a cara. En la habitación invernadero, J mezclaba la explicación sobre qué era el temible estafilococo *aureus* con reflexiones sobre la analogía del relojero, algo que a él le obsesionaba. El diseño inteligente opuesto a la teoría de la evolución.

El ateísmo de J le venía de serie, desde mucho antes del «antes de». Por eso las llamadas recurrentes del cura le suponían todo un reto. Como le había contado a Ana, el sacerdote le intentaba vender discursos de salvación y consolación que J no compraba. Jamás se persuadirían el uno al otro; quizá, para el religioso, J era una más de sus obras de caridad, como la sopa caliente que repartían en la parroquia o el ropero que proveía de abrigo y zapatos a los pobres de solemnidad.

Alrededor de la casa de J había varias iglesias, cada una con sus beatas, sus monaguillos, sus curas y sus pobres asignados. Las campanas resonaban en aquella parte antigua de la ciudad y doblaban a muerto cuando era menester, tres si el fallecido era hombre, dos si era mujer. Un toque tenebroso si el finado era un niño.

En cambio, el barrio donde vivía Ana era nuevo, apenas una parroquia daba servicio a los vecinos, un edificio que lo mismo podía haber sido una nave industrial o un almacén, pero era la casa de Dios para los parroquianos, así que aquel tañer de campanas cuando estaba con J la trasladaba a la infancia. Volaban los pájaros cada vez que las campanas bailaban en las torres, sus sombras formaban un reflejo curioso en la ventana de la habitación invernadero y el eco de ese tañido con que llaman a los fieles rebotaba en las paredes de la casa de J.

En una ocasión estaban sentados ante el ordenador viendo la portada del periódico local. Se acercaba una de las festividades más importantes de la ciudad, la Semana Santa, y se anunciaban ya procesiones y misas y tradiciones. Así que, entre risas que amenazaban con expulsar el tubo de la tráquea, J le contó que en esas fechas él también cumplía sin falta con una tradición.

—Lo paso muy bien en Semana Santa porque llamo a la policía municipal.

—¿A la policía? ¿Para qué?

Ana supo enseguida que lo que seguiría sería otra historia gamberra del hombre inmóvil; la sonrisa pícara tras las gafas lo anunciaba.

—Se me ocurrió hacerlo un año y desde entonces no he dejado de repetirlo por estas fechas. A ellos no les hace ninguna gracia, pero yo me descojono vivo. Verás, llamo y digo: «Buenas tardes, agente, soy una persona impedida y tengo mucho miedo, estoy en casa solo y aterrado ¿sabe?». El policía que me atiende, a punto de mandar a los geos, me pregunta si están intentando robarme o atacarme. Y yo le digo muy serio: «Es aterrador, señor policía, hay montones de gente en la calle vestidos de negro, llevan las cabezas y las caras tapadas y hacen sonar tambores. Un ruido infernal, no puedo descansar ni dormir, salen a todas horas del día y de la noche, es una especie de conspiración, señor policía, ¡ayuda, por favor, ayúdeme!».

»Si consigo que no me dé la risa antes de terminar de contar la historia, el policía se suele quedar pensativo, dudando de si quien llama tiene visiones o se le ha ido la olla. Si es joven o una mujer me suelen decir como con lástima: "Tranquilo, señor, no pasa nada, son las procesiones de Semana Santa, no le van a hacer daño, es una tradición. ¿Quiere que avisemos a alguien?, ¿tiene usted algún familiar que le pueda acompañar?". Y si el pasma es veterano o ya le ha tocado atenderme otros años me suele amenazar con mandar una pareja y ponerme una denuncia por hacer perder el tiempo a la autoridad... —La carcajada de Ana resonó en las paredes abigarradas de la habitación invernadero. Se le saltaban las lágrimas—. Sí, sí, muchas risas, pero mira, un año mandé, además, una carta al periódico. Era suave, léela, está encima de ese montón de papeles de la izquierda.

Los papeles de la izquierda eran una pequeña montaña a punto de desplomarse si alguno de ellos se escoraba demasiado. Ana los movió con cuidado porque ignoraba si ese aparente caos funcionaba de acuerdo con un orden que solo estaba en la cabeza de J.

El periódico del que le hablaba se hallaba bastante a la vista, así que buscó la sección y leyó en voz alta la carta; era muy distinta de aquella que la había llevado hasta esa casa hacía tan solo unas semanas.

Enhorabuena a esta sección por acoger sin tabúes la polémica de los aspectos sonoros de la Semana Santa. Eran las 11 de la noche del pasado martes, recién acostado y mareado, cuando por mi estrecha calle empiezan a redoblar tambores con todas las fuerzas y trompetas desafinadas sin contención. Una y otra vez. Quieto, sin poder defenderme o evadirme de ninguna manera, tuve que ir soportando impotente tal violencia en muchos sentidos, porque 1, estamos en un país laico; 2, el ruido —más que música— estridente superaba con enorme diferencia las normativas al respecto, y 3, es que además no encuentro sentido económico ni religioso a que, a esas horas, y no digamos de madrugada, se produzca tal estruendo. ¡Con lo cristiano que sería una manifestación recogida y silenciosa, o con muestras más sinceras de dolor y aflicción! Por supuesto, no había nadie en esa calle. El miércoles, más. Hubo un momento de indignación tan necesitado de hacer algo que llamé a la policía para protestar, pasando mi impotencia al sufrido funcionario que un tanto perplejo me atendió —espero que me entendiera.

Ana terminó a duras penas de leer la carta «relativamente suave» entre carcajadas y J también se partía de la risa porque aquella era una de las pocas gamberradas que podía permitirse. «Antes de» las lio mucho más a lo grande. A esas historias de antes las llamaba «cebolletadas», por el abuelo Cebolleta de los tebeos.

A Ana le hubiera encantado tener más tiempo para escuchar a J, para aprender de su sentido del humor en unas circunstancias en que se hacía complicado tener sentido del humor y sonreír. Pero tenía que marcharse ya porque andaba con un trabajo muy serio y muy grande, un proyecto de los que ilusionan. Y eso que a Ana cada vez le ilusionaban menos cosas de su trabajo, así que había que aprovechar las oportunidades. Se puso el abrigo, recogió su bolso y le dio un beso a J en la frente.

—Te escribo y te cuento todo, ¿sí? Voy a estar unos días fuera, pero miraré el correo. Y si hay algo urgente me llamas, ¿vale?

—Claro, disfruta mucho.

J sonrió porque, estaba seguro, a la vuelta, Ana le contaría jugosas anécdotas, aventuras lejanas, historias imposibles de vivir para quien está anclado, varado, inmóvil.

19

El colegio

Cumpliendo la tarea que se había impuesto de escribir en el blog, de elegir las fotografías más hermosas de la pareja de cernícalos, se puso a revisar sus notas y encontró otras historias que había redactado años atrás. Palabras que no recordaba haber escrito pero que reconocía como suyas. Quien escribe siempre deja algo de sí en sus letras, un rastro delator a veces, consolador otras. Le avergonzaron ciertos poemas. Le resultaban tremendamente cursis, como redacciones del colegio de monjas, aunque ya era una mujer madura cuando los escribió.

> Afilo mis caderas
> cuchillos acerados cercenan las curvas.
> El tiempo se enroca en las aristas
> y descubro
> más mentiras que certezas.
> La pasión como mordaza
> y nubes blancas cegando los ojos.
>
> Disculpen,
> me hago vieja.

Afilo mis caderas
cuchillos acerados que me hieren
también a mí
y a ti
y a los ausentes.

Disculpen,
he empezado a morirme.

Respiro
un aire envenenado
y paseo
mis afiladas caderas,
banderas de otro tiempo,
muertos deseos
y toneladas de silencio
brillante y letal.

A saber por qué Sofía afilaba sus caderas. Quizá entonces estaba más delgada de lo habitual. Lo de la muerte no le extrañó, era su tema favorito desde el colegio, desde las primeras letras, cuando todavía no podía ni intuir que la parca protagonizaría el peor episodio de su vida con el accidente de sus padres.

De niña debió de ser algo siniestra, aunque a las profesoras y ciertas compañeras simplemente les parecía cursi y se lo hacían saber sin disimulo. Entonces el *bullying* no tenía nombre, ni síntomas, ni siquiera a nadie se le habría ocurrido decir que reírse de los demás era acoso. Era lo normal. Las más débiles, gafotas, gordas, tímidas o de familia «humilde» eran objetivos a los que atacar sin piedad alguna. Y que no se te ocurriera ir a casa y quejarte a los padres; las cosas del colegio se quedaban en el colegio, faltaría más. Rara vez trascendían las crueles travesuras.

Un día, en clase de costura, una de las líderes probó las tijeras en la cola de caballo de la niña del pupitre de delante; fue un corte limpio: en un instante la víctima dejó de tener melena y pasó a lucir un salvaje corte a lo chico. El alarido se oyó en todas las aulas, desde el patio hasta la capilla. El sonoro tortazo de la monja, también. La cortadora de la coleta aún tenía en su mano izquierda el botín del desaguisado.

Entonces sí hubo llamadas a las familias. La agresora, claro está, no mostró ningún arrepentimiento: su padre dirigía una sucursal de la caja de ahorros provincial y eso parecía dotarla de impunidad e inmunidad. La que se quedó sin coleta... «Ya crecerá —le dijeron las monjitas—, el pelo crece, tampoco es para tanto». Muy probablemente si se hubiera quedado tuerta de un tijeretazo le habrían dicho que no se quejara, que tenía otro ojo y que estaría muy interesante con un parche, como los piratas.

Sofía decidió dejar aparcados aquellos recuerdos que aún le producían una profunda indignación. La lucha de clases en las aulas consistía en que las de clase alta siempre ganaban en cualquier lucha. Mejor callar. Qué pronto aprendió a estar callada porque, como decían, «Callada estás más guapa». Ahora era libre para no callarse, para contar la historia que le apeteciera y eso hizo, aplicada ante el teclado del ordenador.

«La ventana de los cernícalos». No era muy original como título, pero se ajustaba fielmente a la verdad. Sería un relato en tiempo real, en riguroso directo. Una telenovela cernícala. Un *reality* de esos que enganchan. Tenía un contador oculto de visitas en el blog. Le resultaba curioso ver desde dónde llegaban los lectores y cuántos de verdad leían lo que había escrito. Y, más curioso todavía, observar qué habían buscado en Google para llegar a su blog. «¿Cómo quitar arrugas de la frente?», preguntó alguien al omnisciente buscador, y acabó en una entrada del blog algo poética hablando del paso inexorable del tiempo. Bueno, si buscaban «cernícalos» también llegarían a su historia, que arrancaba así:

Era una mañana muy fría de finales de marzo cuando una inesperada visita llegó a la ventana de la cocina: un ave que nunca había visto de cerca, de plumaje entre gris y marrón, pico y garras afiladas, ojos penetrantes y la mirada aguda de una rapaz. Era un cernícalo y, ojalá, parecía que había llegado para quedarse.

No quiso extenderse mucho más. En un taller de comunicación que organizaron en el trabajo les habían dicho que los textos de los blogs, cuanto más breves, más efectivos eran. La gente se ha acostumbrado a los mensajes concisos, no hay tiempo ni paciencia en la vida de los internautas para detenerse a leer parrafadas. Acompañó el texto con cuatro fotografías, las que le parecieron mejores, y lo publicó.

Volvió a la cocina. Allí seguía la amorosa pareja. La hembra dominaba la escena encaramada en el tiesto de rayas. Cada uno atusaba sus plumas pero no perdía de vista al otro. Con el pico despegaban los pequeños plumones del pecho, estiraban un ala y luego otra, se desperezaban. Sofía se había fijado en que dormían o dormitaban mucho en la jardinera, pero la hembra era la que permanecía más tiempo allí. Él volaba y regresaba al cabo de un rato con una presa en las garras, un regalo para su amada. Era la primera vez que veía tan de cerca un ratón, Sofía pegó un brinco espantada. Era un bicho chiquito, ya inerte. La hembra lo tomó en sus garras y voló hasta la casa de enfrente; allí lo devoró mientras el macho se quedó de guardia en la jardinera. «Le demuestra que es un buen cazador y será un buen padre —pensó—. La conquista por el estómago y le da garantías de futuro».

—Cada vez me maravilláis más —les dijo en voz alta a los cernícalos—, sois preciosos y listos y, quizá, dentro de poco, hasta seáis también famosos, que os he puesto a «volar por internet».

20

La cabeza

Ana y el equipo estaban rodando en un pueblo cerca de Madrid, en un importante estudio de grabación. El grupo de música cumplía dos décadas y querían celebrarlo a lo grande, con disco doble y un DVD con su historia, desde sus inicios haciendo folclore regional hasta que comenzaron las giras por todo el mundo y llenaron estadios y plazas de toros, auditorios y pabellones. Sus canciones se convirtieron en himnos coreados por miles de seguidores mechero en mano, letras que todos se sabían, melodías grabadas a fuego en la memoria colectiva, algo que solo logra la música que sabe evocar.

«Eso es el éxito —le contaron—, pero lo difícil es mantenerse, que la gente no se olvide de ti, que sigan yendo a los conciertos, que compren los discos y no los pirateen, que no te abandonen porque se cansan de oírte, como una novia aburrida ya de la misma canción».

Abrió el correo desde el portátil en la habitación del hotel, solo había una brevísima carta de J:

He recuperado un poco la cabeza pero creo que algo sigue mal. Besos.

«¡Mierda! —dijo Ana gritando—. ¿Has perdido la cabeza?, ¿cuándo ha sido eso?». Y las preguntas se quedaron flotando en el aire de aquella aséptica y ordenada habitación de hotel. El hombre inmóvil, que estaba a doscientos kilómetros de allí, no podía responderle.

No quería llamar a su casa, nunca había vuelto a llamar desde la primera vez, cuando todo empezó. Nunca era buen momento para atender el teléfono. La cuidadora de turno estaría lavándolo, o dándole un masaje, o la comida, o intentando aflojar los mocos del pecho a base de achuchones. Una llamada era una interrupción en el devenir de los horarios, un sobresalto molesto. Al día siguiente terminaban el rodaje con una serie de entrevistas, después regresaría a la ciudad y podría acercarse a su casa y enterarse de qué estaba pasando. De momento solo podía esperar o escribirle, y eso fue lo que hizo.

¿Cómo que has recuperado un poco la cabeza? Cuéntame, por favor. Besos.

Bajó al comedor. Estaba previsto que el equipo de grabación y la periodista cenaran con los músicos, pero Ana había perdido el apetito y nada más entrar al salón los demás se dieron cuenta de que estaba muy seria, de que algo pasaba, pero no le preguntaron nada. Estaban todos muy emocionados con el futuro DVD. Se habían partido de la risa cuando visionaron el archivo de sus primeras actuaciones: unos críos con sus guitarras, hasta tocaban la mandolina, como si fueran miembros de la tuna y cantaban jotas vestidos con las capas tradicionales. «¡Todos teníamos pelo!». Eran amigos desde el instituto, vivían en un barrio obrero y saltaron a la fama al ganar un concurso musical. Luego vino todo lo demás, la discográfica grande, un mánager que jamás se aprovechó de ellos, y, con el paso del tiempo, formaron una especie de familia unida por canciones que cada vez más eran de protesta y reivindicación y menos de cantares populares, jotas y bailables. La velada se envolvió en la nostalgia.

Ana pidió al camarero un whisky con hielo. Su mente estaba en la cabeza perdida de J. ¿Le estaría empezando a faltar el riego? Dado su estado general, tan lamentablemente pendiente de un hilo, cualquier cosa era posible. Intentó no pensar en ello y se dedicó a escuchar las viejas batallitas de los músicos, los viajes en una furgoneta que siempre se averiaba en medio de la nada, las pensiones donde habían mal dormido tras un concierto —especialmente una que había sido una cuadra y aún olía a caca de vaca—, las admiradoras aguardando a la salida...

Realmente, de las admiradoras hablaron poco, pero resultaba de lo más interesante. Chicas muy jóvenes, o no tanto, que se hacían fuertes en la salida de artistas, bajo la atenta mirada de un par de vigilantes de seguridad. Algunas llevaban los discos para que se los firmaran; otras, solo sus cuerpos ansiando un beso, un roce, una mirada de los famosos que, un momento antes, habían hecho bailar y cantar a miles de personas en un gran escenario iluminado. Buscaban un segundo de atención en exclusiva, dejar de ser masa para convertirse en individualidades, sentirse especiales. «Tengo todos tus discos». «He colgado en mi cuarto el póster que anuncia este concierto». «Ya me firmaste un autógrafo, pero me gustaría mucho tener otro». «Siempre lloro con esa canción». «¿Qué hacéis esta noche? Os puedo enseñar los mejores bares de la ciudad». Así cada noche, tras cada actuación en cualquier lugar, grande o pequeño. Eso era la fama y aquellos músicos ya habían aprendido que con el paso del tiempo menguaba y que incluso desaparecía, como la luna.

Se retiraron pronto, todos estaban cansados y al día siguiente habían de madrugar para terminar el rodaje con las entrevistas.

Ana se fue a su habitación con la preocupación visible en los ojos y una ligera borrachera de whisky que le vino bien para dormir sin pensar en el misterioso mensaje de J.

21

El odio falso

A una dama que criaba un cernícalo

Filis, verte criar un ave admira
de tan poco valor, y que te falte
un pardo azor, un noble gerifalte,
que se pierde en el cielo al que le mira.

Cazar con un cernícalo retira
tu grave honor de su primero esmalte;
una urraca es mejor, que parle y salte,
y que puedas llamar Sancha o Elvira.

Dirás que urracas te parecen suegras
y que en la caza de tus manos francas
mejor con un cernícalo te alegras.

Cazad los dos, pues no las tienes mancas,
él, pajarillo con las uñas negras,
y tú las bolsas con las uñas blancas.

Fue el primer comentario que alguien dejó en el blog,
alguien anónimo que añadió:

Curiosa coincidencia, señora. Este soneto de Lope de Vega pertenece a sus *Rimas humanas y divinas del licenciado Tomé de Burguillos*. Ya ve, una dama que criaba un cernícalo, insisto, curiosa coincidencia. Muy bonitas las fotos.

Sofía se sintió entre agredida y halagada. Se sintió expuesta, visible, extrañamente desnuda. Como cuando su padre, tras abrir con cuidado el candado de juguete que custodiaba sus más secretos pensamientos, leyó el diario que escribía en su infancia. «¡¡¡Odio a mi padre!!! —había escrito la niña entre muchas exclamaciones—. ¡Ojalá se muera!», había añadido airada. Recordaba perfectamente la escena, pero ni idea del porqué de tanta ira. Qué le prohibió en aquella ocasión con la excusa inapelable de que «es por tu bien».

Lo que nunca podría olvidar era la tristeza profunda en los ojos del padre cuando, a la vuelta del colegio, la esperaba en la cocina, sentado en la silla de formica con el diario en las manos y el candado abierto. A ella se le paralizó el cuerpo entero. Con el uniforme y el cabás colegial, el pelo recogido en una coleta, se puso a temblar y casi se hizo pis del miedo que tenía.

No, su padre jamás le hubiera pegado, pero era más aterradora aquella mirada triste que una de las palizas que otras niñas recibían casi a diario. El padre alzó los ojos y solo dijo: «¿De verdad quieres que me muera?». Ella corrió a abrazarlo gritando: «¡No, papá, no!». El padre la recibió en los brazos y lloró con ella, y Sofía prometió que no volvería a escribir algo así y él juró que no volvería a husmear en su diario, que solo lo había hecho por si podía ayudarla o protegerla, no por curiosidad. Y la niña que entonces era comprendió que las palabras hieren, envenenan, laceran y destruyen. Pueden ser un arma poderosa para derruir y lo contrario.

Sofía se sintió expuesta, sí. Ella que solo había retomado el blog medio abandonado para hablar de los pájaros, tenía un lector que la llamaba «señora» y ponía sonetos de Lope de Vega en un comentario. No había contado con eso, con las interacciones, las respuestas, la facilidad con la que cualquiera puede opinar y ser agradable o desagradable. Se sintió desprotegida y llamó a su amiga, la que mejor la conocía, quien solía saber qué decir y hacer cuando ella estaba bloqueada.

—Hola, Julia, ¿estás liada?

—No, cariño, dime, ¿todo bien en casa? El otro día me quedé un poco preocupada.

—Bien, bien, no es eso. No sé si te conté que he retomado el blog para contar la historia de los cernícalos y colgar las fotos que les hago.

—¡Ah, qué buena idea! Luego me meto y te leo.

—Ya, pues verás, alguien anónimo ha puesto un comentario y me ha dejado un poco... inquieta.

—¿Un trol? ¿Un comentario desagradable? ¿Insultos?

—No, no, al contrario. Unos versos de Lope de Vega y unas palabras sobre una dama que criaba un cernícalo.

—Oye, chica, pues así a primera vista, no parece que haya de qué preocuparse. Anda que no hay «odiadores» profesionales en internet. Pero si tanto te agobia, cierra los comentarios y no leerás nada que no quieras leer.

—Lo he pensado y no, es que si no hay posibilidad de compartir tampoco tiene mucho sentido publicar, ¿no?

—Eso me parece a mí también. Y lo mismo no vuelve a

escribir nada, así que preocuparte tiene poco sentido. Te veo estos días muy agobiada por todo, ¿eh? Haz el favor.

—Tienes razón, hago un mundo de cosas que no son más que nimiedades. También me inquieta la vuelta al curro, hay muy mal ambiente últimamente. Y el caos que tenemos en la casa nueva, todo sin colocar aún, no ayuda.

—¿Y si te pides unas vacaciones más largas?

—Si las gasto todas llegará el verano y no tendré días libres...

—¿Y una excedencia? Perder de vista a tus colegas ratones de biblioteca te puede sentar genial. Hace meses me dijiste que estabas un poco harta, nena. Según me cuentas, a Pablo le va muy bien en su curro, igual por uno o dos meses os podéis permitir prescindir de tu sueldo, que tampoco es para tirar cohetes, la verdad.

—No lo había pensado.

—Pues dale una vuelta; igual te viene bien y, además, podrás dejar la casa estupenda.

—Y contar la historia de los cernícalos en directo...

—Bueno, eso ya tú verás, que tampoco te vas a pasar el día pegada a la ventana mirando pajarracos, ¿no?

Se despidió de Julia y sonrió. Durante toda la conversación había permanecido sentada en la cocina, observando las aves a través del precario y chapucero visillo. En cuanto colgó, hizo más fotos y añadió en el blog:

La pareja de cernícalos acaba de hacer el amor (ya, ya sé que es aparearse, pero me gusta más que hagan el amor) en el alféizar de la ventana. Ella se ha humillado, como agachada, y él se le ha puesto encima, han gritado un poquito y ya, muy breve, pero muy intenso. Estas son las fotos que les he hecho.

La cocina estaba pared con pared con la habitación donde habían instalado el ordenador. Sofía se alegró de esa proximidad. Parecía una reportera narrando en directo lo que sucedía al otro lado de la ventana.

22

Los imbéciles

Se despertó con los párpados pegados a causa de las lega-
ñas, un dolor de cabeza que le hizo odiar el whisky para
siempre (en realidad solo duró una semana) y la urgencia de
mirar el correo para ver si tenía respuesta de J. No la había.
El buzón de entrada solo contenía publicidad en inglés de
algo que agrandaba el pene y de un nuevo aspirador robot
que se paseaba solo por las habitaciones absorbiendo la
mierda. Cerró la cuenta con rabia y preparó las entrevistas.
Se duchó deprisa. Cuando bajó estaban todos desayunando
en el bufet.

Una de sus compañeras, Paz, la reportera, le vio la cara
y le sirvió un café caliente y cargado que ella agradeció
como si le hubiera salvado la vida.

—El salón de abajo ya está preparado. Nos ha parecido
mejor poner un fondo negro, así en el montaje puedes in-
crustar lo que te dé la gana. Habrá dos focos frontales y un
contra, para dar relieve. ¿Te parece bien?

—Lo que decidáis estará bien, ya sabes que de eso enten-
déis vosotros mucho más que yo.

Ana habló con un tono plomizo y todos lo notaron.

—Estás jodida por algo, ¿verdad, Ana?

—Sí, un poco, pero ya pasará.

No había contado a nadie que intentaría hacer una entrevista a un pentapléjico, por si acaso no lo lograba (tal como ocurrió) o le prohibían que la hiciera, ya que nadie se la había encargado. O, infinitamente peor, por si se la autorizaban, la hacía y luego no la emitían, así que prefirió no dar cierta información a los imbéciles. Un grupo de compañeros habían decidido llamar así a algunos jefes, por simplificar y resumir.

«¿Qué te han dicho los imbéciles que hagas?».

«¿Ya han terminado de hacer el minutado los imbéciles?».

«¿Se van todos los imbéciles de vacaciones a la vez, como siempre?».

«Ya han vuelto a cargarse mi reportaje sobre los cultivos ecológicos. ¡Serán imbéciles!».

Tenía que contarle estos cotilleos a J, seguro que le encantaban y se reiría muchísimo.

Se tomó el café con un paracetamol, picoteó con desgana el cuerno de un cruasán y ya estaba lista para entrevistar a los músicos. Ana no necesitaba más que sus notas y un bolígrafo. Ella no se maquillaba, no salía en el documental. Ella no era la protagonista de nada. Qué hartazgo ese «nuevo periodismo» que consistía en que el plumilla salía más en el reportaje que el entrevistado, que se basaba en lucirse y parecer más listo que el personaje, aunque este fuera un premio Nobel, pensaba cuando la voz del mánager la devolvió al presente.

—¿Estás lista para las entrevistas, Ana?

—Claro, perdonad, me estaba acordando de algo.

Y todos se pusieron a la tarea. Colocaron los micros de corbata a los músicos y Ana prefirió entrevistarlos de uno en uno porque eran un grupo, pero cada uno de ellos tenía algo diferente que contar. Y el último, el mánager, el hombre imprescindible sobre quien recaía la responsabilidad de las giras y los contratos, y también de atemperar las discusiones —algunas veces muy serias— entre los miembros de esa familia musical, creativa y longeva para lo que se estilaba.

Ana aparcó la inquietud por J, por su cabeza ida, y se centró en las vidas que luego habría de narrar en el vídeo. Cuando ella ya no estuviera y los músicos fueran ancianos, quizá mostrarían a los nietos aquel recuerdo, aquella narración de su trabajo y su vida, al igual que a Ana le hubiera gustado hacer con su nuevo amigo. «Sí —se dijo—, contar historias con imágenes es hermoso, lo más hermoso de este oficio».

Unas horas más tarde, mientras hacía la maleta, oyó a los pájaros que revoloteaban y piaban entre los árboles; la primavera ya había llegado y eso parecía alegrarlos. No se asomó a esa ventana de la habitación, pero sí a la del correo electrónico. No había noticias de J. Ni una línea que despejara su intranquilidad, su desasosiego.

23

El cortejo

Sofía se levantó temprano, encendió el ordenador y, con una pizca de inseguridad, por qué no reconocerlo, revisó el blog.

Cien personas habían leído su entrada sobre la actividad sexual de los cernícalos, pero no había comentario alguno. Suspiró aliviada. Un blog dedicado a la ornitología, con muchos lectores, se había hecho eco de sus noticias y bastantes personas se habían suscrito al humilde blog de Sofía. «Qué curioso —pensó—, qué forma de extenderse algo tan pequeño y que ocurre en tu propia ventana».

Pablo había tenido que irse de viaje, se lo susurró en la cama cuando volvió la noche anterior, ya muy tarde y agotado. Tenía varias reuniones en Madrid relacionadas con aquella campaña «enorme» que se avecinaba. Le daba un poco de envidia Pablo, con sus proyectos, sus novedades; hasta el agobio por tener mucho quehacer le resultaba envidiable.

Cuando él volviera le comentaría la posibilidad de pedir la excedencia. Cada vez le parecía mejor idea romper con la rutina y disponer de tiempo para ella, para los cernícalos, para detenerse a pensar, dejar la casa preciosa, leer las novelas que se acumulaban en la mesita de noche…

Ella y los cernícalos, vaya historia. Miró por la ventana y no estaban. A saber por dónde volarían. ¿Y si no regresaban? ¿Si encontraban un lugar que les gustase más? Por lo que había estado leyendo sabía que si el macho hace un hoyo en la tierra es que está preparando el futuro nido. Luego atrae a la hembra como si quisiera enseñarle el lugar tan chulo que le ha preparado: «Mira qué orientación tan buena, al este, el sol solo por la mañana, y está muy alto, en el último piso del edificio; además, no parece que haya vecinos molestos, bueno, las urracas, pero se asustan en cuanto volamos. No nos faltará caza, hay varios campos muy cerca, será fácil encontrar topillos y ratones en abundancia y, como está en plena ciudad, nada de cazadores que nos amenacen con sus escopetas. ¿Te gusta?».

Y para mostrarse aún más atractivo y enamorarla más, el macho le ofrece regalos comestibles, un saltamontes, una culebrilla. El cortejo. Tan amante siempre de las palabras y las curiosidades del lenguaje, Sofía piensa en esa expresión, ¿acabará ese «cortejo amoroso» en un «cortejo nupcial»? Encariñada con esa pareja de aves, desea sobre todo que no acabe en un «cortejo fúnebre». Mejor boda, que funeral. Aunque ella desde sus primeras nupcias cogió cierta inquina a las bodas.

A Sofía y a Pablo los habían invitado a varias bodas en los últimos tiempos. Algunas invitaciones eran de amigos; otras, desgraciadamente, compromisos de trabajo. Cómo no asistir a la boda de la hija del jefe de departamento, sería un tremendo desaire.

«La gracia» de esos compromisos es que costaban un dineral. Las ceremonias se habían convertido en una competición por protagonizar el enlace más original, en el lugar más increíble, con al menos doscientos invitados, con menús que debían de costar un ojo de la cara: cortador de jamón en directo, aperitivos que te dejaban incapacitado para comer o cenar nada después, vinos de las mejores añadas y decenas de invitadas que al cabo de un rato no sabían si era mejor quitarse los taconazos o cortarse los pies.

Y, por supuesto, aquello de las listas de boda era un vestigio del pasado; cuando se casó por primera vez aún existían. Ahora, junto con la invitación (qué diseños, qué barbaridad) te adjuntaban un número de cuenta para que ingresaras... ¿cuánto?

La cuñada de una de las bibliotecarias se había hecho autónoma y trabajaba como *wedding planner*. ¿*Wedding* qué? «Bueno, las llaman así pero son organizadoras de bodas», le dijo. Y Sofía, que se había casado con Pablo en una sencilla ceremonia civil, se quedó alucinada al saber que había gente que ganaba miles de euros dedicándose a eso. Y más alucinada cuando descubrió que eran cientos los *planners* esos, o esas más bien. Había webs llenas de fotografías de flores, luminarias de led, perifollos variados, mesas decoradas de formas imposibles, coches de caballos para llevar a «la novia más hermosa del mundo ante el altar».

Las bodas eran «eventos» que se planificaban hasta con un año de antelación. «Aquello que has soñado para el día más importante de tu vida se hará realidad gracias a nuestro equipo». «Las grandes fiestas no ocurren por sí solas, dotaremos cada detalle de magia e ilusión y todo será inolvidable». Así que lo que antaño eran bodorrios, con orquesta, bailables y cantidades ingentes de comida y alcohol, ahora eran eventos mágicos, emotivos y excitantes. Como un viaje a Disney World. Todo de cartón piedra, todo una mentira enorme, pero, eso sí, llena de magia, o sea, de falsedad, trucos para que no se pierda la ilusión de la felicidad.

La mayor ilusión de Sofía en aquel momento eran los cernícalos de su ventana, a ellos nadie les había tenido que planificar nada; acababan de posarse en la barandilla que protegía la jardinera. Primero llegó él piando y, a su llamada, la hembra no tardó en colocarse de nuevo, humillada y entregada, para que él la cubriera. Qué breve el momento. Luego él alzó el vuelo y ella remoloneó un poco en la tierra de la jardinera, acomodó sus plumas y después miró a la mujer. No había miedo en los ojos brillantes cercados de amarillo. Ni miedo ni desconfianza.

24

El equipo

A Ana se le hizo eterno el viaje de vuelta a la ciudad. Necesitaba saber de J, aquella ausencia de correos era un abismo, una distancia extraña y nada habitual entre ellos.

Él siempre escribía mucho, siempre tenía mucho que contar, y con urgencia. Con la urgencia de la cuenta atrás, del punto de no retorno de los aviones al despegar. Pero aún había de esperar para ir a verle. Tenía que volcar todo el rodaje y empezar a montar, el tiempo se les echaba encima. Minutar todas las entrevistas, elegir qué fragmentos eran más significativos, qué frases podían ir sueltas y cuáles necesitaban texto en *off*.

Ese trabajo le encantaba, ahí se veía que todas las horas de preparación de un reportaje, casi un documental en este caso, habían merecido la pena y el esfuerzo. También algo que muchos periodistas de televisión no terminaban de entender: era un trabajo en equipo. Podías escribir el texto más bello o formular las preguntas más certeras, que si el reportero no grababa bien las imágenes, sonido no captaba el audio o el montaje no se hacía como se debía, el resultado final era un completo desastre. Así que los periodistas «estrella» que se olvidaban de lo fundamental del equipo hacían mucho daño a un oficio que había empezado a desprestigiarse como pocos, pensaba Ana.

De eso también solía hablar mucho con J. Voraz lector de prensa que, sin embargo, también tenía bastante prevención ante ciertos periodistas. Ana, que amaba su oficio y odiaba a los periodistas carroñeros, le había hablado de las relaciones vergonzantes que a veces se establecen entre prensa y poder, el compadreo de los políticos que pasan la mano por el lomo del plumilla con la misma confianza que lo hace un amo a su perro, a sabiendas de que no morderán la mano que les da de comer.

—¿Lo dices en serio? —La sonrisa pícara en los ojos de J brillaba tras las gafas en la habitación invernadero mientras le hablaba de la precariedad de muchos periodistas.

—Te lo juro.

—No me lo puedo creer.

—Hombre, te hablo de hace unos cuantos años, pero yo lo he visto.

—¿Y no les daba vergüenza?

—Me temo que tenían más hambre que vergüenza los pobres. De ahí debe de venir el chiste de la marquesa.

—¡Cuenta! —exclamó J que ya vislumbraba otra historia divertida.

—Señora marquesa, anuncia el mayordomo, han llegado los periodistas. Y contesta ella: hágales pasar y que les echen de comer.

—Ja, ja, ja, ja, ja. Me ahogo…

—Y te juro que he visto a colegas con el bolsillo forrado, lo que te digo, forrado de plástico o con una bolsa incorporada. Canapé que veían, canapé que iba al bolsillo. Eran tiempos jodidos, en serio. Aunque ahora tampoco te creas que hemos mejorado mucho, la verdad.

Ana volvió al presente una vez más, a la urgencia del trabajo y a la urgencia de saber cómo estaba J. Confió a Javier, el montador, los últimos planos, quedaron en que al día siguiente temprano trabajarían en el montaje definitivo y se marchó a casa de J. Seguía sin haber noticias de él en el email y ya no podía esperar más.

—¿Todo bien? —preguntó casi gritando a la mujer que le abrió la puerta—. ¿Está bien J?

—Todo bien..., todo bien. —Ana respiró aliviada.

Estaba bien, salvo los mareos que hacían que se le fuera la cabeza, le confirmó después él mismo.

—Te respondí... —dijo J sin entender tanto nerviosismo en Ana.

—Pues algo se ha roto en el email porque no me ha llegado nada y estaba muy preocupada por ti.

—A ver, que miro...

La pantalla del ordenador fue lentamente al buzón de correo. Soplido a soplido, J movió el puntero del ratón y abrió la ventana. En la carpeta de borradores había un par de cartas sin enviar.

—¿Te das cuenta? La cabeza va algo mal a ratos. Los debí de dejar ahí para añadir algo más y se me olvidó por completo. Apenas aguanté una hora sentado al ordenador.

—Ay..., pues vaya susto he tenido en el cuerpo. ¿Ha venido el médico?

—¿Para qué?

Ella calló porque, efectivamente, un médico era tan innecesario en aquella habitación como un cura. Apaños, remiendos, poco más podía hacer el doctor con aquel cuerpo inmóvil pegado a una cabeza que no cesaba de pensar.

—Lo que necesito es que me fabriques el blog ese, por favor, empieza a ser urgente porque ya ves lo que me pasa, se me va la pinza cada vez más, cada vez más... Día a día empeoro, Ana, y no puedo esperar. Creo que tengo los textos algo más ordenados y ya sé qué quiero publicar.

Lo miró con un nudo en el estómago.

—Tranquilo. Esta noche lo hago desde casa y mañana vengo y te lo explico todo bien, ¿sí? Y lo que te dije, buscaré varios modelos de blog que me parezcan bonitos y tú eliges el que más te guste...

J ya no la escuchaba, se había sumido en un sueño raro, tenía los ojos cerrados, el cuello apoyado en el reposacabezas de la silla. Ana avisó a la cuidadora, le preguntó si necesitaba ayuda y le dijo que al día siguiente volvería, pero que la llamase si pasaba cualquier cosa. La mujer arropó a J en su silla de ruedas y se dispuso a llevarlo a la cama.

—No se preocupe, señorita, esto le pasa a veces. No es grave —dijo.

La periodista salió a la estrecha calle angustiada y al borde de las lágrimas, sintiendo una impotencia infinita y rabia, mucha rabia. Tenía la sensación, casi la certeza, de que el tiempo de J se iba acabando, de que su lucidez podía apagarse en cualquier momento y ella estaba asistiendo a ese desenlace sin saber qué hacer. Su espíritu práctico le aconsejó que se centrara en el blog que J quería y necesitaba; sería su mensaje para el mañana, lo que quedaría de él. «Todo el mundo merece una posteridad, una permanencia en el tiempo futuro, para eso sirve mi trabajo», se reafirmó la periodista. Encendió un cigarrillo y echó a andar.

Los días se alargaban imperceptiblemente, el frío había amainado algo, las heladas se retiraban aunque la niebla siempre resistía, terca y blanca, cerca del río. Caminó agradeciendo el aire en el rostro, agradeciendo que pudiera caminar, agradeciendo que sus brazos se movieran rítmicamente al andar.

«No sabemos lo que tenemos cuando nuestros cuerpos funcionan —pensó—. Cuando el corazón late y respiras trece veces por minuto, cuando vacías bien los intestinos, cuando los riñones filtran tu sangre y no has de vivir dependiendo de una máquina de diálisis».

«Lo raro, lo extraordinario —le dijo un famoso doctor a quien entrevistó antaño—, es que nuestro organismo, tan complejo, no tenga algún mal. La salud es una rareza que no apreciamos hasta que la perdemos». El médico, un excelente cirujano, añadió que la cirugía es el fracaso de la medicina; el quirófano, un taller de reparaciones; acertar con el tratamiento, un juego de azar. Lo que a un enfermo cura, a otro no lo alivia o, aún peor, lo mata.

A Ana le gustaba entrevistar a sanitarios; en el pasado había barajado la posibilidad de estudiar medicina. Se había echado atrás porque no se sentía capaz de tomar el tipo de decisiones que han de adoptar los médicos. Era más sencillo cambiar un plano de un reportaje por otro, encontrar una música adecuada, darle a todo un ritmo que atrajera al espectador, hallar la frase final que rematara la historia que habías narrado con imágenes. No había riesgo en eso, si acaso podías meter la pata en algún dato, pero bastaba con pedir disculpas después. En cambio, si tenías un bisturí y te temblaban las manos no había disculpa que valiera, la vida de alguien dependía de tu habilidad. Te hallabas ante un cuerpo herido que había de repararse. Una vida en tus manos, literalmente.

Caminando despacio llegó a su barrio, se compró un bocadillo de jamón en la tienda de la esquina y se dirigió a su casa con la amarga sensación de que ni como médico ni como periodista tendría posibilidad de ayudar a J. A tantos J que yacían siempre dependientes de alguien, inermes ante cualquier avatar porque su vida había dejado de ser suya. Y asumir eso... ¿cómo puedes asumir eso sin enloquecer?

El apartamento de Ana era nuevo, estaba en uno de los barrios que crecían en la ciudad, algo alejados del centro. Una gran torre cuya construcción se había paralizado hacía años dominaba las alturas. Vivía en un piso pequeño que había comprado años atrás gracias a un préstamo que la caja de ahorros provincial ofreció a los periodistas. Una hipoteca más baja que un alquiler. Otra trampa más para tener contentos a los creadores de opinión pública. Y la trampa añadida de que la mayoría de sus vecinos eran también periodistas.

Estaba rodeada por gentes solitarias, divorciados, personas solas como ella, dedicadas las veinticuatro horas del día al oficio de contar. Sí, a lo largo del tiempo había visto jubilarse y envejecer a muchos. Alejados de redacciones y emisoras, la vida se había convertido para ellos en una vitrina hueca, habitada solo por recuerdos. Atrás habían quedado aquella exclusiva que abrió la primera página, la entrevista especial a un ídolo de masas, la capacidad de entrar a los sanctasanctórums más reservados, los camareros que reconocían al informador y le daban la mejor mesa. Y, sí, estaban también los políticos que los halagaban y mimaban, para quienes una vez retirados, eran inútiles e invisibles.

Buena parte de esos vecinos ya jubilados se habían resignado a no ser nadie, a que no los invitaran a nada; otros se empeñaban en ir de vez en cuando a la redacción a saludar a los colegas y se encontraban tan fuera de lugar como una ballena en el desierto. Gente joven ocupaba las sillas hablando por el móvil sin cesar, sangre nueva en unos medios que intentaban adaptarse a los tiempos digitales.

Los veteranos saludaban al jubilado con un «Pero, hombre, qué bien se te ve, menudo descanso has pillado, eh, quién pudiera. Ya ves, aquí seguimos como siempre, agobiados todos los días. Perdona, te dejo, tengo que rematar la crónica y luego voy a la rueda de prensa que ha convocado el alcalde». Y el periodista jubilado les decía que ya volvería otro día, cuando no hubiera tanto jaleo y que tomarían un café y que les echaba de menos y..., se callaba porque ya nadie le prestaba atención, porque estaban a sus cosas ante el ordenador, tomando notas y con el teléfono encajado en el cuello hasta la tortícolis.

El periodista jubilado sentía una punzada de añoranza por las prisas, la tensión y la actividad. Guardaba como un tesoro el primer carnet que tuvo, el oficial, de cuero y con letras doradas: Federación de Asociaciones de la Prensa de España. Carnet de PERIODISTA. Una foto de (casi) cuando hizo la primera comunión y una advertencia que ahora daba risa:

La Federación de Asociaciones de la Prensa de España, al acreditar que el titular del presente carnet está facultado para el ejercicio de la profesión de PERIODISTA recuerda a las autoridades, agentes del orden y organismos públicos y privados, la obligación de facilitar al periodista acreditado el desarrollo de su labor profesional, de acuerdo con la libertad de expresión y el derecho a la información garantizados por la Constitución vigente.

Firmado por el presidente y el secretario técnico de la FAPE.

Qué maravilloso salvoconducto, qué permiso para todo, qué bien la defensa de la libertad de expresión y el derecho a la información. Qué bonita mentira vista con la perspectiva de los años.

A Ana le habían ofrecido antaño dar algunas clases en la facultad de Ciencias de la Información y había declinado la invitación después de meditarlo solo unos minutos. Lo único que podía decirles a los futuros colegas era que mejor escogieran otra carrera, porque el periodismo no era más que un cadáver ambulante. Que ni la ética ni la estética se valoraban y, para eso, mejor ser cualquier otra cosa en la vida. Y eso que su vida era su trabajo. Por no tener, no tenía ni gato que le hiciera compañía. «La soledad elegida es menos soledad», intentaba convencerse con poco éxito.

Desde su ventana solía ver a las solitarias viejas glorias deambulando; iban a comprar el pan, bajaban la basura o alimentaban a las palomas, en nada se distinguían de tantos otros jubilados que intentaban llenar las horas de su tiempo, de tanto tiempo libre, cuando la salud y la vida se van escapando.

Ana se sirvió un whisky con hielo y se dispuso a crear un blog para J. No sabía ni cómo quería titularlo él, así que eligió un diseño sencillo, de una de las plantillas que ofrecía la web. Fondo blanco, letras en negro y poco más. Lo llamó provisionalmente «La ventana de J» y le escribió un correo para decírselo, aunque dio por hecho que no lo vería hasta el día siguiente. Eso, con suerte, si recobraba algo de lucidez, si no lo ahogaban los mocos, si su cabeza funcionaba y podían acercarlo con la silla y el respirador al ordenador de carcasa floreada, que sería la ventana abierta a otros mundos en movimiento.

Iba a irse a la cama cuando la web que alojaba blogs le

ofreció ver uno, al parecer muy visitado en las últimas semanas, que acababa de introducir una nueva entrada. «Qué
curioso —se dijo—, se lo enseñaré a J». Y trasteó un rato
entre los textos y las fotos, incluso pensó en que aquella historia tan original podía servir como base para un reportaje.
«Definitivamente —pensó cuando ya el sueño se le enredaba
en los párpados—, mal que te pese, eres periodista y en casi
todo ves historias listas para ser contadas».

25

Importante

El viaje de Pablo se prolongó bastante más de lo previsto. Sofía llenó el tiempo como mejor supo, aunque se pasaba las horas muertas viendo la vida al otro lado de la ventana. La cocina y sus habitantes alados de la jardinera se habían convertido en el centro de sus días, unas jornadas pausadas, como hacía mucho no recordaba haber tenido.

Su marido volvió cansado pero satisfecho. Se sentaron a la mesa de la cocina para comer mientras afuera el aire se iba templando, los árboles se llenaban de botones que prometían hojas y flores, las margaritas alfombraban el césped. Los días se alargaban de forma perceptible, ya no oscurecía tan pronto y eso daba un poco de esperanza. La luz y la vida, las estaciones. Lo de siempre, pero siempre de estreno.

La campaña de publicidad, le contó, iba a ser gigantesca: un despliegue de vallas, anuncios en radio, televisión y cines, en prensa escrita y digital, enormes trampantojos en las fachadas más importantes de las ciudades más importantes.

Dijo tantas veces «importante» que la palabra le sonó hueca a Sofía. Los trabajos de ambos eran tan dispares que solía haber enormes diferencias a la hora de contarse uno a otro cómo había ido la jornada. La de ella, de ocho a tres, salvo situaciones excepcionales, con muy pocas novedades en el día a día. Entre una biblioteca pública y una agencia de publicidad no hay color. En una biblioteca, las emociones están escritas en los libros pero no suelen saltar de las estanterías. Eso solo ocurrió una vez, el año en que le ofrecieron ir de prácticas en un bibliobús. Aquellos meses fueron maravillosos y una bofetada de realidad impagable.

La biblioteca en la que trabajaba disponía de un par de autobuses reconvertidos en bibliotecas móviles que atendían a los lectores de los pueblos donde no había ninguna. Lo mismo que el frutero, el carnicero o el panadero, servicios móviles para lugares donde no era rentable tener un negocio siempre abierto.

A veces coincidían a la misma hora en la plaza del pueblo el de la merluza fresca y los de las novelas recién publicadas. El primero pregonaba la mercancía, los segundos aguardaban a que los lectores se acercasen al bus lleno de libros y escogieran alguno con que llenar el tiempo, hasta que volvieran para recoger los ejemplares ya leídos y darles otros nuevos.

—¿Qué le apetece leer, María?

—Me da igual, hija, con tal de que tenga la letra grande, claro.

Llevaban letras en forma de revistas también. Revistas de costura que amarillean en los quioscos de las ciudades, labores de macramé, punto de cruz, vainica doble, mantelerías para el ajuar de la nieta que jamás las usará porque el hilo no hay quien lo planche, ganchillo, pespuntes, dobladillos. Los inviernos eran más largos en los pueblos, más oscuros y fríos. Las mujeres se reunían en torno a un brasero y charlaban de la vida mientras tejían, zurcían, bordaban o hacían punto para confeccionar bufandas y jerséis de los que picaban porque eran de lana «de verdad». Todo parecía más de verdad en el campo, desde los tomates hasta los tejidos.

—Hola, señorita, le he traído mermelada de ciruelas, la hago yo, es natural, a ver si le gusta, que las del supermercado no tienen más que química. ¿Me ha traído la revista de recetas del programa de la tele?

—Claro que sí, Manuela, el último número. —Y Sofía buscaba en la estantería el ejemplar satinado, la portada llena de comidas apetitosas, que había separado para la mujer.

—¿Y la de caza y pesca para mi marido?

—También, aquí tiene. Pero ¿hay caza por aquí todavía?

—Huy, señorita, claro que sí; tuve que comprar un arcón congelador de los grandes para guardar las perdices y los conejos. Tenemos carne para una buena temporada. Pescar no le gusta, dice que le aburre estar horas sentado. Además, el río dejó de ser truchero hace años, cuando pusieron la fábrica aguas arriba, ya sabe, mucha denuncia, pero les dieron todos los permisos y tiran la mierda al cauce. Y eso que, en verano, cuando vuelven al pueblo las familias que se fueron, los chavales se siguen lanzando a nadar, que aquí no hay piscina ni falta que nos hace. Seguro que la piscina reventaba con la primera helada, si no aguantan ni las tuberías...

Tras las Navidades el retorno a los pueblos adoptaba tintes de tragedia. Siempre faltaba alguno de los «clientes», una neumonía, o el corazón, o lo que fuera, causaban bajas entre una población ya exigua y muy envejecida.

A Sofía le enternecía la curiosa forma que tenían de cuidarse entre ellos, de vigilar si el viudo Manuel había salido o no de casa para comprar el pan, o si Dionisia había levantado las persianas del dormitorio; era como si pasaran lista para comprobar que no faltaba nadie, que todos seguían vivos por el momento. Cuando construyeron residencias en los pueblos cercanos algunos se trasladaron allí.

El negocio había brotado como setas en otoño. Enormes edificios rodeados de jardines y con anuncios que rezaban: «Aquí se sentirá mejor que en su casa, atención médica las 24 horas, todas las comodidades, personal especializado». Aquello costaba un ojo de la cara, a veces los dos. El doble que la mayoría de las pensiones de jubilación o viudedad. Así que quien tenía hijos se iba a vivir allí, ya que estos no querían que sus padres estuvieran desatendidos y sufragaban la diferencia. Otros, como si formasen parte de una secreta célula de resistencia rural, se quedaban en las viejas casas, algunas de adobe, otras con una chimenea o un brasero como única calefacción. Los últimos habitantes. O, con suerte, los penúltimos.

«Calidad de vida», «Dar vida a los años», memeces de los jóvenes publicitarios que los viejos escuchaban en la radio como quien oye llover; mensajes hueros para aquellos supervivientes de manos encallecidas y espaldas maltrechas por el trabajo de sol a sol, cosechas pobres y pensiones paupérrimas. La televisión les decía que pronto llegarían las rebajas a los grandes almacenes y a ellos solo les llegaba el tío Paco con el viejo refrán y nadie se llevaba la soledad. Ni el frío.

Para ellos, la vida era ese moverse constantemente en el filo. A Sofía, aquello le permitió proporcionar a los ancianos el cariño o los mimos que ya no podría dar a sus padres.

26

¡Fuego!

La despertó el teléfono móvil berreando desde la mesilla, tenía que cambiar aquella mierda de melodía, se dijo Ana por enésima vez. Entrecerró los ojos miopes para ver quién demonios llamaba a las seis de la madrugada. Era uno de los imbéciles. Vaya por Dios.

—¿Sí?

—Perdona, lo mismo te he despertado.

—¿Pasa algo?

—Verás, solo tú estás libre y un equipo tiene que salir inmediatamente de viaje, hay un incendio brutal en la zona de la sierra, habrá que hacer directos para los informativos nacionales.

—Oye, yo no estoy libre, tengo que terminar el DVD y aún hay que trabajar bastante en el montaje.

—Eso puede esperar; lo del fuego, no. Te recogerán con un coche de producción en un cuarto de hora. Llévate la maleta, que no se sabe cuánto tiempo habrá que quedarse allí. ¿Ok?

Y colgó.

Aquel rematar las frases con un «ok» como si supiera inglés o fuera el jefe del *New York Times* la ponía enferma.

Un cuarto de hora. Un jodido cuarto de hora. En vez de ducharse envió un correo a J.

> Hoy no puedo ir a verte. Me voy de viaje y no sé cuándo volveré, hay un incendio gordo. ¡Ya he abierto tu blog!, a la vuelta te cuento. Cuídate mucho. Besos.

Metió un par de mudas, otra cazadora, un jersey y dos vaqueros en la maleta, rellenó el neceser al vuelo y cogió la libreta y dos bolígrafos. «Hale, lista para ir al infierno», pensó, esperando que el reportero gráfico fuera uno de los incansables, de los que saben desde dónde tomar las mejores imágenes, no les tiembla el pulso aun sin trípode y no paran ni a comer hasta que han rodado todo lo necesario.

Por suerte lo era, un tipo estupendo que antaño había trabajado en el cine. Al comienzo de meritorio, cargando los rollos de celuloide en las cámaras, luego como ayudante y en ese momento estaba en la tele, con un equipo más ligero y el mismo buen ojo para captar las escenas más allá del objetivo. Era el reportero con quien todos los periodistas querían trabajar y él lo sabía, pero seguía siendo majo y buena gente. Y en cuanto al de sonido, lo mismo; casi siempre formaban equipo los dos, se entendían sin necesidad de hablar.

El coche enfiló hacia la autovía y los tres pusieron en común lo que se sabía del fuego: tenía una enorme extensión, algo muy extraño en aquella época del año. Si empezaban tan pronto los incendios el verano sería un verdadero infierno.

Ana se quedó un poco traspuesta en el asiento de atrás mientras de fondo escuchaba los boletines de la radio. Estaban a punto de desalojar dos pueblos en aquella zona de la sierra; la periodista pensó en el pánico que los pocos habitantes, ancianos en su mayoría, estarían sintiendo. Habían desplazado al lugar varios hidroaviones y a todos los bomberos forestales disponibles. Un alcalde pedía, llorando, que fuera el ejército a ayudar y a la población le decía que siguiera todas las instrucciones, que el fuego destruiría el paisaje pero que nadie debía jugarse la vida. Pedía por favor que, si había que desalojar, lo dejaran todo y se fueran.

Muchos kilómetros antes de llegar a la zona del incendio, el equipo vio las columnas de humo elevándose entre los árboles. Olía a madera quemada y ya les empezaban a escocer los ojos. Tenía toda la pinta de ser un fuego causado por la mano humana, aseguraron en la emisora, había varios focos y todos prendieron a la misma hora, noche cerrada, cuando los medios aéreos no pueden actuar. «Canallas los incendiarios. No confundir con pirómanos —se dijo Ana mentalmente—, una cosa es estar enfermo y otra, muy distinta, quemar el monte para ganar dinero construyendo urbanizaciones».

Se pasaron tres días con sus noches casi en vela grabando, haciendo entrevistas, conectando en directo con todos los boletines, dando un respiro a los colegas de la radio, que aún conectaban más a menudo que ellos. Se establecía un compañerismo especial en esas situaciones de tragedia. Se relevaban, se ayudaban, había espíritu de equipo y eso hacía que el cansancio fuera menor.

Desde que las redacciones habían empezado a menguar, o sea, desde hacía mucho tiempo, los periodistas habían ido perdiendo sus especialidades; quizá solo los deportivos, y no siempre, seguían manteniendo esa exclusividad. Los demás hacían de todo («Y casi todo mal», solía pensar ella).

«Qué profesión más emocionante», le decía la gente. Y ella, con media sonrisa, contestaba que sí, y pensaba en las interminables ruedas de prensa de los políticos, las aburridísimas sesiones plenarias de las instituciones, las horas esperando de pie a que alguien les atendiera para que luego este alguien se escabullera por la puerta de atrás, las soporíferas presentaciones con mil datos en PowerPoint, el balance anual de la caja de ahorros. «Emocionante, muy emocionante».

Un bombero forestal murió rodeado por las llamas cuando el viento, traicionero, cambió de dirección. Sus compañeros, con caras tiznadas, sudorosas, lloraban en un rincón, detrás de los camiones, resguardados de las cámaras.

—No los grabes —le dijo Ana al reportero.

—¿Estás segura?

—No, no lo estoy, pero da pudor mostrar tanto dolor.

—Yo creo que hay que sacarlo —insistió él—, aunque solo sea para reivindicar que su curro se haga en mejores condiciones o que cobren un sueldo digno, yo qué sé, la periodista eres tú, maja.

Y le tuvo que dar la razón. Se acercó con el micrófono a aquellos hombretones que se enfrentaban a las llamas como si defendieran su castillo, y no las propiedades de otros, les dio el pésame por el bombero fallecido y les ofreció hablar a la cámara por si querían aprovechar la ocasión. Claro que querían.

Uno de ellos, secándose las lágrimas con la manga, dejó bien claro que los incendios se empiezan a apagar en invierno, cuidando el monte, limpiando la maleza, restableciendo los cortafuegos. Cuando comienzan la sequía y el calor ya es tarde, porque las hierbas crecidas arden como la yesca. También dejó claro que a los políticos solo les preocupa el corto plazo y que su compañero estaría vivo si no les hubieran mandado a la zona cero sin equipos suficientes.

Todo lo grabaron y todo se emitió en una conexión en horario de máxima audiencia, y, bien lo sabía ella, cuando volvieran del rodaje habría bronca del imbécil «porque no se acusa así a los políticos, porque luego llaman y se quejan, porque tampoco es para tanto un bombero muerto». «Claro, como tú no tienes que dar la cara, todo te parece muy bonito». Y Ana diría lo que decía siempre, que daba la cara ante la audiencia, ante los espectadores, que las quejas de los politicastros le chupaban un pie. O los dos.

El fuego tardó setenta horas en ser controlado, por suerte solo lamió algunas cuadras de vacas y ovejas. Las gentes, las casas y el ganado se salvaron en esa ocasión. Cuando el «tema» dejó de interesar en los despachos lejanos, recogieron e iniciaron el viaje de vuelta.

El interior del coche olía a humo y a sudor y a cansancio, y ella volvió a tener en un primerísimo primer plano en su cabeza la sonrisa agotada de J, y aquel cerebro que empezaba a fallar. Ana se prometió entonces que lo ayudaría como fuera, como el bombero que se mete en una casa en llamas para salvar a un anciano incapaz de huir por sus propios medios. En su caso, sentía que no había heroísmo alguno, había egoísmo más bien. Un raro egoísmo generoso. Y se quedó dormida cuando ya se vislumbraban las luces de la ciudad, ahumada pero satisfecha.

27

El secreto

—Será algo increíble, Sofía. Lo de los coreanos es alucinante de verdad. —Pablo estaba entusiasmado con el proyecto.

—Pero ¿qué quieren vender?

—Todavía no lo puedo contar, hay un secretismo impresionante.

—Bueno, pero ¿ni a mí me lo puedes contar?

—Prefiero esperar a que se materialice más. De momento, ya hemos firmado el contrato, así que la cuenta es nuestra y de nadie más, se la hemos birlado a los alemanes. Una exclusiva mundial, Sofía. ¡La leche! Y tú, ¿qué tal?

—Ya... Pues qué bien, me alegro por ti, llevabas tiempo tras algo así. Yo, pues te quería comentar... —Algo nerviosa, miró a los ojos de su marido esperando su reacción—. ¿Qué te parece si me pido una excedencia de un par de meses?

—¿Eh?

—Eso, dos meses para mí, para nosotros. Para ordenar la casa y las ideas, para escribir un poco. No sé, creo que lo necesito.

—Algo te pasa, es culpa mía. Esta historia de la campaña me ha absorbido mucho y encima ha coincidido con la mudanza.

—No, no, de verdad, tú has hecho lo que tenías que hacer. Además, eso supondrá que tú ganarás más dinero, y como mi sueldo es el que es, perderlo un par de meses tampoco importa demasiado, ¿no te parece?

—¿Y te vas a quedar de ama de casa sesenta días? Nunca has estado tanto tiempo sin currar, igual no te va bien.

—Creo que sí, de verdad, Pablo, siento que lo necesito. Sobre todo, necesito volver a escribir. He estado mirando mi viejo blog y tiene posibilidades, no sé, y, además, si después del primer mes veo que no voy bien, pues pido incorporarme. Estamos a tres meses o menos del verano, que es una época más relajada en todo.

—Piensa que con este proyecto quizá tendré que viajar más, ni idea de si podré tomarme vacaciones en verano... Vas a estar sola mucho tiempo, ¿no es mejor que pases las mañanas en el curro?

Pablo se acercó a ella por detrás, envolvió su cuello con los brazos y le susurró al oído que lo perdonara por tenerla un poco abandonada, que decidiera lo que sintiese que era lo mejor, que quizá podría acompañarlo en alguno de sus viajes de trabajo, sería como una nueva luna de miel.

Y ella se dejó abrazar y recordó la verdadera luna de miel. Estuvieron toda la semana en una isla paradisíaca y lo que mejor conoció fue el cuarto de baño de la enorme habitación. Tuvo una gastroenteritis épica, adelgazó cuatro kilos y el médico del hotel le hizo beber litros y litros de suero porque amenazaba con deshidratarse. Y había otra amenaza aún mayor, que hubiera que trasladarla al hospital de la isla.

—No se lo recomiendo, señorita, está mejor aquí —le dijo.

Regresó del viaje exhausta y muy delgada, pálida, como si en vez de a un lugar de playa hubiera viajado a la mina. Él estaba muy preocupado y apenas la dejaba sola para darse un baño en la piscina, y ella pensó que vaya manera de empezar un matrimonio. Decididamente, visto lo visto, las lunas de miel no eran lo suyo. Pero terminaron por reírse juntos de la absurda situación. Es fácil cuando se es joven y sabes que habrá más oportunidades, más viajes, más cosas por vivir. Que aquello pasaría a ser una anécdota para contar a los nietos y poco más.

Pero parecía improbable que tuvieran nietos, imposible de hecho, porque nunca llegaron los hijos a aquel primer piso diminuto del muro en la ventana, ni llegarían a la casa con vistas. Tras un fallido intento en una clínica de fertilidad decidieron que podían vivir sin descendientes como tantas familias en aquellos años, con hipotecas por pagar, trabajos con salarios que daban para pocas alegrías y una crisis general que parecía no tener fin. La generación de sus padres no lo había tenido mucho mejor; de hecho, su vida había sido infinitamente peor, pero sacaron adelante, casi de milagro, familias más grandes y en apariencia felices.

—¡Ay, mira!

La pareja de cernícalos observaba desde el alféizar a la pareja humana abrazándose. Estiraban y encogían el cuello y curioseaban a través del visillo. Los humanos se quedaron muy quietos para no asustarlos y Sofía alargó el brazo para hacer una foto más. Tenía la cámara siempre en la mesa de la cocina, a mano, como una *paparazzi* profesional. Las aves juntaron las cabezas y quedó una foto de postal, quizá un poco cursi, solo faltaban unos corazones volando sobre ellos y una frase del tipo «El amor está en el aire».

Los cernícalos se echaron a volar uno tras el otro y se aparearon en el tejado de la casa de enfrente.

—Sí que son rápidos —dijo él soltando una carcajada—, ha sido un aquí te pillo, aquí te mato. ¿Probamos a ver si lo nuestro dura un rato más y luego nos vamos a cenar por ahí?

Hicieron el amor con lentitud, con caricias, con besos, recorriendo sus cuerpos como si justo en ese momento los descubrieran, mucho mejor que la primera vez, porque las primeras veces están sobrevaloradas y los amantes suelen ser algo torpes y muy fuertes las urgencias amorosas. Son malas las prisas en el amor excepto, quizá, para los cernícalos. Ellos habían de cumplir un calendario escrito durante siglos en sus genes, el instinto de procrear. Y a eso se dedicaban sin demoras ni caricias, no como los humanos, que tienden a complicar casi todo.

28

Calaveras

Cuando Ana se despertó en su cama por fin, el pelo aún apestaba a humo. Tendría que poner una lavadora con toda aquella ropa que había llevado los vestigios del incendio hasta su apartamento. Pero antes abrió el correo. Había carta de J.

> Vaya, un incendio, ya lo he visto en las noticias y te he visto a ti, me ha hecho ilusión. Lo del blog también me ilusiona. No me cuido, me cuidan. Ven cuando quieras, no espero más visitas estos días. Besos.

Ana llamó al imbécil principal y le dijo que se iba a tomar el día libre, que se lo había ganado después de aquellas jornadas interminables en la sierra, le debían un montón de vacaciones y ya iba siendo hora de tener algo de tiempo para ella. Esto último no se lo dijo, pero lo pensó. El imbécil, en su línea habitual de imbecilidad, le dijo «Ok» y que le llamaría si la necesitaban, y ella pensó que iba a descolgar el teléfono Rita la cantaora. Se tomó un café y emprendió el camino a la casa de J, a la habitación invernadero que había echado de menos en aquellos días de ausencia.

—¡Hola, J!

—¡Hola! Se te habrá pasado el frío estos días en el incendio, ¿eh?

Los dos se echaron a reír. Él porque sí, ella porque lo encontró mejor de lo que esperaba. Estaba sentado en su silla delante del ordenador y la pantalla mostraba un montón de cuadrículas con fechas y cifras.

—¿Y eso?

—Una manía. Llevo un registro de temperaturas máximas y mínimas, y de precipitaciones, es interesante la meteorología. Y ahora, ¡venga, enséñame el blog!

Ella minimizó la ventana y escribió en el navegador la dirección de la web. Siempre había una silla junto a la de J, un lugar reservado a las visitas y a las amistades, por eso el teclado seguía estando sobre la mesa, el periférico inútil para el hombre paralizado que otros manejaban por él.

—A ver qué te parece, es el diseño más sencillo, está hecho con una de las plantillas que proporciona la propia web.

—¿«La ventana de J»?

—El nombre es provisional, puedes llamarlo como mejor te parezca. Aquí es donde has de introducir usuario y contraseña. Te he puesto unos provisionales, pero también puedes meter lo que te apetezca o algo que recuerdes con facilidad.

—No, eso no lo voy a cambiar, pero apúntamelo en este cuaderno, por favor. La idea, si no te parece un abuso, es que yo escriba cuando pueda, pero, si no puedo, te lo dictaré o te enviaré un borrador para que me lo corrijas.

—Claro que no es un abuso, faltaría más, pero es tu blog, yo escribiré tan solo lo que tú me dictes y las correcciones también te las pasaré antes de que lo publiques.

—¿Y cómo se hace para que la gente sepa que existe el blog y entren a leerlo?

—Bueno, puedes empezar por decírselo a tus amistades, luego se irá corriendo la voz y más personas lo leerán. Y la propia empresa avisa a los lectores o autores de otros blogs de que hay uno nuevo. Mira lo que encontré el otro día, por ejemplo. Es una chica que tiene una pareja de cernícalos en su casa.

—¿En su casa? ¿Cernícalos?

—Más bien en su ventana. Mira qué monada de bichos.

—Ana le fue enseñando las fotos y los vídeos de las aves que se miraban ensimismadas, las plumas brillando al sol de la mañana, el hoyito en la tierra de la pequeña jardinera, los rápidos apareamientos.

—Qué bueno. ¿Y tiene mucho éxito?

—Parece que sí, fíjate, miles de visitas en cada entrada.

—¿Y el mío tiene de eso?

—¿Contador de visitas? No, pero te lo pongo si quieres.

—Claro. ¿Y se puede saber desde dónde me leen?

—Sí. Y también pueden escribirte algo si decides abrir los comentarios. La chica de los cernícalos tiene muchísimos.

—Eso estaría bien, sería como conversar con los lectores. Pero...

—Pero ¿qué?

—Si alguien investiga, ¿los podrían localizar?

—No te entiendo. Si alguien investiga... ¿quién y para qué iba a investigar un blog?

En las cartas de los días siguientes J insistió en el asunto de las investigaciones, era algo que le preocupaba mucho.

Un tiempo después, ella supo el porqué.

—Ha sido horrible el fuego ese, ¿verdad? —dijo J cambiando de tema como si en realidad no hubiera dejado de pensar en ello desde que Ana había entrado en la habitación invernadero.

—Un bombero murió asfixiado en el incendio. Fue una putada enorme. Cuarenta años, casado y con dos críos pequeños. Se juegan la vida y ni siquiera tienen contrato todo el año. Los llaman en primavera y verano, se acuerdan de ellos como de santa Bárbara cuando truena.

La periodista sentía una mezcla de rabia e impotencia; daba igual en cuántos reportajes y entrevistas se denunciara su situación, todo seguiría igual, incrustado en el sistema como un cáncer invisible.

—Una putada enorme... En sanidad pasa casi lo mismo, contratan a la gente cuando hay una epidemia de gripe y se llenan las camas de los hospitales.

—Este es el país de la improvisación. Siempre igual, hasta para lo más simple y previsible. Cada año, invariablemente en las mismas fechas, hay una feria importante y me mandan para cubrir la inauguración. Es increíble que aún estén poniendo estructuras y moqueta justo media hora antes de que corten la cinta. Año tras año exactamente igual.

—Improvisar está bien a veces, como cuando decides hacer un viaje a lo loco, sin preparativos —Ana creyó ver un asomo de añoranza en los ojos de J—, pero en otras es un desastre. ¿Sabes qué? Voy a pensar muy bien los textos que pondré en el blog, los corregiré y ordenaré, tú lo supervisas, ¿sí?

—Pues claro. —Ana sonrió.

—Muchas gr... ¡Perdón! Ya se me había olvidado que tienes alergia a los agradecimientos, chica.

Los dos rieron de nuevo. Ella estaba contenta porque él tenía buena cara; se le habían iluminado los ojos con la expectativa del blog.

—La feria de la que me has hablado antes, ¿no sería ARCO?

—No, pero podría serlo, a ARCO también voy casi todos los años.

—Es un rollo patatero. ¿Sabes que ahí hice la única venta de mi vida? —A J le brillaron un poco más los ojos tras las gafas.

—¡Pero bueno! —exclamó Ana sorprendida.

—Sí, creo que fue en el noventa y tres, me llevó un galerista para presentar una mesa escultura, se vendieron cuatro... Creo que fue lo único que he vendido en mi vida, el dinero y yo nos repelemos. Ya te lo contaré en una carta porque es largo de explicar. Ahora quiero enseñarte un poco la casa.

—¿Seguro que no necesitas descansar? Ya llevamos un buen rato de charla, igual quieres tumbarte.

—De eso, nada. Ven.

Con la barbilla fue llevando la silla hasta el borde de un gran ventanal de la habitación que estaba justo enfrente de la suya.

—Mira la galería, ahí fuera, me encanta la luz de esta casa, es luminosa aunque sea un primer piso. Antes... pasaba mucho tiempo aquí.

Era la primera vez que Ana salía de la habitación invernadero. La primera vez que, a su lado, realizaba una suerte de visita, lo que era una enorme muestra de confianza, una más, por parte de J. La casa estaba abarrotada, aunque hacía un lustro que él no podía llevar ni una cosa más. De cada salida al campo, de tantas como hizo «antes de», le explicó, volvía con algo, daba igual que fuera una piedra o una rama retorcida, o una concha marina que...

—¿Y estas calaveras?

Una sonrisa pilla se dibujó en la cara de él, tras las gafas.

—Los tres mosqueteros... je, je, je.

—No me digas que en tus años mozos andabas asaltando cementerios. —Ana se quedó quieta delante de una de las calaveras—. Esa... ¿tiene pelo pegado en el cráneo? ¡Qué dentera!

—Con esa hice un experimento. Una de las cuidadoras tiene un niño pequeño de meses; cuando nadie puede ocuparse de él, lo trae aquí y pasa las horas jugando o gateando, me encanta verlo. Así que un día pensé que sería buena idea ver su reacción ante algo que, efectivamente, a los adultos nos suele repeler: una calavera humana. Su madre la puso en el suelo, a su altura, y no te imaginas... ¡se le erizó todo el pelo!

—¿En serio? —También a Ana se le puso el vello un poco de punta. Un bebé y una calavera formaban una pareja algo siniestra.

—Completamente, de punta. Luego el pobre crío se echó a llorar desconsolado y entonces su madre escondió la calavera y lo abrazó. Así que una criatura que no ha visto un muerto, que no sabe siquiera qué es la muerte, siente terror al ver esos restos humanos. Da que pensar, ¿no?

Daba que pensar ese pánico atávico a la muerte, a los restos humanos, a lo que seremos cuando no seamos, a sabernos mortales.

J ya estaba cansado, le costaba hablar y el respirador gorgoteaba un poco. Ana se despidió de él con la promesa de que volvería pronto para que él le siguiera enseñando los tesoros que guardaba la enorme casa.

Aquella casa hospital henchida de vida gracias a su habitante, cargada de recuerdos y proyectos inconclusos, del complejo arte de creer que la vida sigue a pesar de los pesares y que seguirá cuando no estemos. Eso que tanto tarda en aprenderse, desde que somos bebés hasta que, con suerte, nos asomamos de viejos al final de nuestros días y la calavera se dibuja bajo nuestra piel arrugada.

La periodista volvió a su apartamento dando un paseo por la orilla del río. Ya estaban asomando los botones de las hojas nuevas en los árboles y algunas mujeres paseaban con cochecitos de bebé. Ya estaba allí una nueva primavera y sería otra más en soledad, la décima exactamente. Las décadas pasaban en un suspiro.

Cuando cumplió los cuarenta Ana dejó zanjado el asunto, el incómodo asunto, de la maternidad. Su abuela hubiera dicho que se le había pasado el arroz y se vio a sí misma como una de esas paellas descoloridas de las fotos terribles de los chiringuitos playeros. Un plato combinado donde no había nada que combinar, solo trabajo con más trabajo y soledad.

Los cincuenta llegarían muy pronto. Medio siglo, mucho más de media vida porque no tenía ninguna intención de llegar a centenaria. Había estado dando noticias de demasiadas residencias de ancianos y tenía muy claro que allí no iba ni atada. Morideros carísimos, aparcamientos de senectud, de cabezas idas y cuerpos desgastados, porque tenemos una maquinaria con fecha de caducidad. «Nosotros sí que somos obsolescencia programada, grabada a fuego en los genes desde antes de nacer», pensaba Ana muchas veces.

Nunca olvidaría a aquellas viejitas (pocos hombres sobreviven tanto) que se le agarraban del brazo y le acariciaban la cara. «Eres igual que mi nieta, niña, igualita de rubia y de delgada; hace tanto tiempo que no me la traen». Y a la periodista se le caía el alma a los pies mirando tantas miradas perdidas, fijas en la pared donde carteles de colores anunciaban el día, el mes, el año. Y ese calendario era una crueldad, tan cruel como si en los corredores de la muerte pusieran a los condenados una cuenta atrás. En cien días, ocho horas, veinte minutos y diez segundos estarás muerto...

Tan cruel como la vida de J.

Se sentó en un banco y encendió un cigarrillo. «Fumas demasiado», le dijo su último amor, su último lo que fuera, que aún se empecinaba en llamar de vez en cuando por si ella quería quedar para tomar una copa y charlar. ¿Charlar? Ya no había nada que decirse, salvo comentarios absurdos sobre sus trabajos.

Él, endiosado columnista del periódico local, tendía a hablar solo de sí mismo. Le recordaba siempre a esa humorada: «Pero dejemos de hablar de mí, hablemos sobre ti, ¿qué opinas tú de mí?». Le encantaba hablar de él, estaba convencido de ser el periodista más influyente del lugar, de que sus frases eran usadas por el alcalde en los discursos.

Por Dios, qué lástima creerse alguien por eso, porque te invitan a las inauguraciones o tienes localidad reservada en el estreno de una obra de teatro. Ese pequeño mundo provinciano que no parecía querer salir del siglo XX o del XIX incluso, en el que todos se creían Larra, qué más quisieran, cuando no alcanzaban a ser pobrecitos habladores ni por aproximación. Y los jóvenes periodistas que lograban entrar de becarios en emisoras y periódicos tardaban poco en aprender cómo subirse a la parra, arrimarse al concejal o el subdelegado de lo que fuera por ver si medraban, por ver si había hueco en un gabinete de prensa o, al menos, si conseguían ir gratis al cine. Ya no llevaban los bolsillos del abrigo forrados de plástico para robar los canapés, pero mendigaban migajas ante las cínicas sonrisas de quienquiera que estuviese en el poder.

Con los años y la experiencia Ana había ido comprendiendo que el periodista que se mezcla con políticos deja de ser periodista y se convierte en otra cosa, una cosa que ella odiaba profundamente. Había una prostitución del oficio cada vez mayor y se extendía como una mancha de aceite en todos los medios, desde los locales hasta los nacionales. Una silenciosa epidemia de la que ni los periodistas eran conscientes porque las cosas eran como eran, porque los medios dependían de la publicidad institucional, y así era imposible que ejercieran de cuarto poder y, con el tiempo, perderían el poco poder que les quedaba: la credibilidad de los ciudadanos.

Aplastó la colilla con rabia en la papelera más cercana y siguió caminando. Una pareja de ancianos paseaba muy despacio delante de ella; la mujer se apoyaba en un andador y los cables del oxígeno colgaban de su nariz entre el pelo encanecido y el cuello de un ajado abrigo de astracán. Él se detuvo, le recolocó aquello y le dio un beso en la arrugada mejilla. Ana los adelantó y vio que sonreían. «Qué terrible la mezcla de admiración y envidia. Tenerse el uno al otro, tener a alguien que te sostenga, un bastón que te da apoyo y que, además, te ama. Y qué angustia esa dependencia total, como la de J, que no puede librarse siquiera de una mosca que se le pose en la nariz», pensó.

Entró en el apartamento a punto de llorar. Encendió el ordenador y se sirvió un whisky. «Bebes demasiado y fumas demasiado», le dijo con voz aguda un Pepito Grillo dentro de su cabeza rubia.

—Vete a la mierda —le contestó ella en voz alta.

29

El verdejo

Al día siguiente Sofía llamó al departamento de personal y preguntó por María, que siempre sabía cómo resolver las cosas en el inextricable mundo del papeleo oficial. Le explicó que necesitaba alejarse del trabajo por un tiempo y que había pensado pedir una excedencia de un par de meses. María le aconsejó que solicitara un permiso sin sueldo, y en eso quedaron.

Ya más tranquila hasta que la llamaran para ir a firmar, se tomó el segundo café de la mañana, miró por la ventana (los cernícalos no estaban), así que se fue a la habitación de al lado y se sentó delante del ordenador para añadir una nueva entrada de texto y fotos a su blog.

Los cernícalos siguen viniendo a la ventana de la cocina. Se quedan bastante rato, incluso miran al interior y curiosean.

Ya estamos en abril y, según lo que he podido averiguar, es la época en que empiezan a anidar y a poner huevos. Desde luego, se afanan bastante en aparearse, lo hacen a menudo, en el alféizar y en el tejado de la casa de enfrente. Son unas cópulas muy breves, como un pequeño salto o asalto, a veces la hembra se queda un rato en la zona de la jardinera donde han hecho el hoyo; me ilusiona pensar que quizá lo haga para poner un huevo.

Sería maravilloso que se quedaran y formaran una familia alada en mi ventana. En las fotografías se los ve con las cabezas juntas (el macho es el que la tiene gris azulada), parecen dos tortolitos enamorados. Es hermoso verlos y que sean tan confiados.

Solo espero que nadie les haga daño, aunque hay un vecino bastante impertinente a quien no le gustan. He leído que hay gente que los confunde con palomas y pone lejía y otros venenos en la tierra para hacerles daño o, incluso, matarlos. Eso es un delito, ya que están protegidos; además es inhumano hacer daño porque sí a los animales.

En otras entradas del blog os explicaré por qué estas aves son tan buenas para los humanos. Sobre todo para quienes trabajan en el campo y nos alimentan a todos.

Sofía revisó el texto y lo publicó. La verdad es que quedaba muy bonito, ilustrado con las fotografías. Se sintió satisfecha. Tuvo un extraño momento de paz, de plenitud. Tenía una historia que contar, una casa nueva llena de sorpresas agradables en la ventana, a Pablo le iba bien en su trabajo. A sus cuarenta y ocho años no podía quejarse de cómo le marchaban las cosas; no tenía hijos de quienes preocuparse, ni padres a quienes cuidar en la vejez. Era un poco egoísta esa sensación, se dijo, pero así era. En realidad, dejando aparte que a Pablo le fuera bien el proyecto, su mayor preocupación era aquella pareja alada de la ventana, sus idas y venidas, si criarían en la ventana, qué futuro tendrían.

Apagó el ordenador y se fue al mercado. Ya había espárragos frescos; a ambos les encantaban, así que compró un kilo aunque estaban todavía un poco caros. Luego, con unos filetes y unas patatas fritas, ya tenía la comida organizada. Pensó que Pablo probablemente no iría a comer a casa, pero la comida podía guardarse para la cena sin problema. Habían dormido bien aquella noche, siempre se decían que hacer el amor era un magnífico relajante, y él se había marchado temprano. «La reunión de hoy es decisiva —le dijo—, cruza los dedos».

Sofía aprovechó lo que quedaba de la mañana para abrir varias cajas. Por fin aparecieron unas cuantas corbatas, que planchó y guardó. Necesitaban urgentemente que el carpintero se diese prisa en vestir los armarios; le llamó de nuevo, pues habían apalabrado el trabajo justo antes de la mudanza y seguían esperando su visita.

Luego limpió los espárragos y los coció en agua hirviendo con sal. Olía de maravilla la cocina, el aroma a primavera le recordaba siempre a la cocina de su madre y también al truco culinario casero: «Si cueces unas patatas nuevas peladas con los espárragos, tendrán sabor y estará muy rico, y no tires el agua de cocerlos, sirve para base de otros guisos». Ahora a ese sentido común lo llamaban «cocina de aprovechamiento». Se ve que el mundo moderno consistía en retorcer el lenguaje para que lo normal pareciera extraordinario.

A mediodía Pablo le envió un mensaje lleno de exclamaciones:

> ¡Esta noche te cuento, pero es fantástico, ya tenemos aprobado el diseño de la campaña! ¡¡¡Mi idea les ha encantado a los coreanos!!! ¡Pon a enfriar el verdejo especial! ¡Besos!

30

Metal herido

Antes de conocer a J, la visita matutina de Ana al ordenador era para leer la prensa y, después, mirar el correo. Ahora su única curiosidad era saber si habría un email de J.

Lo había y era jugosamente largo. Narraba, como le había prometido, los tiempos en que el arte era su vida.

Me fui al taller de oxicorte y guillotina que era como mi segunda casa; me paseé dejando la mente en blanco por los restos de recortes y luego por los fondos donde se almacena el material, chapas y chapones de seis metros por casi hasta tres, y grosores desde 1 mm hasta 10 cm ordenados a lo largo de canto, como un centenar, en aquel espacio enorme con el techo a quince o más metros, por donde se mueven tres puentes-grúa. Los chapones más gruesos se apilaban horizontalmente; si estaban sin tocar podrías acordarte de Serra, pero también puede ocurrir que en una esquina estuviera recortado un círculo, con lo cual se transformaba en algo más radical e interesante que un Chillida.

Inesperadamente, detrás de uno de los bloques de chapas, aparece una pequeña mesa de trabajo, también de acero; era muy sencilla, y en su sencillez destacaba entre tanto monstruo y mantenía una presencia digna.

Me puse enseguida a trabajar también en algo lo más sencillo posible, sin detalles «artísticos» aparentes, pero me salió la vena de decir «aquí estoy yo» y dentro de esa sencillez minimalista hice un cambio de escala y, en vez de hacer una pequeña y humilde mesita, me salió un bicho discretamente contundente. Las patas tenían 90 cm de altura y un chapón encima tal cual salido de fábrica y oxicortado, de 2×90×180 cm y 180 kg, oxidado con unas sales que le daban unos buenos amarillos rojizos. Fíjate si era bruto que me apañaba yo solo para moverla, las patas con sus largueros por un lado y el chapón por otro, claro.

Ana leyó varias veces esa carta. Apreció las concienzudas descripciones, casi se podía oler el metal herido por el soplete oxiacetilénico, ver todas aquellas chapas dispuestas para que él imaginara la obra final con toda su contundencia, sentir sus pasos inquietos por la inmensidad de la nave almacén en busca de la fuerza o con la fuerza de la inspiración.

Adoraba esas cartas, quizá porque, cuando J las escribía trabajosamente, soplido a soplido, se escapaba, se elevaba un poco de la silla y del respirador, y de la habitación con la ventana desde donde se veía una esquina del mercado de abastos. Quizá porque, al recordarlo, él volvía a caminar entre los metales y se sentía como un gigante que busca de piezas para un desmedido juego de construcción.

«Dejando la mente en blanco», había escrito él. Ahora esa mente nunca estaba en blanco, salvo cuando le daban los mareos y los desmayos y la angustia por los mocos. Su «coco» pensante y sufriente estaba lleno de conexiones neuronales que se iban desconectando, como las guirnaldas de lucecitas de los árboles navideños: cuando una se funde, todas se apagan.

—Qué mierda todo, qué enorme mierda —murmuró Ana ante el ordenador—. Qué pena, como escribió él, no habernos conocido antes, haber coincidido por casualidad en un museo, un bar, un concierto, en cualquier sitio. Y haber empezado a charlar y a pasear, él con sus piernas y su cuerpo intacto, y yo con la ilusión de encontrar, al fin, a alguien con quien compartir gustos, aficiones o pasiones.

Ay la suerte, la mala en este caso. Y recordó el cuento chino del campesino y su hijo que J le había narrado el día en que se conocieron en la habitación invernadero. Y que «Más vale tarde que nunca» y que «La ocasión la pintan calva porque hay que cogerla por los pelos» y... «Qué enorme mierda», se repitió Ana mientras revisaba el resto del correo de la bandeja de entrada.

Seguían llegando anuncios para alargar el pene, otro email falso de toda falsedad de un supuesto banco para que cambiara su contraseña, un príncipe nigeriano quería dejarle su herencia y una simpática y guapísima muchacha rusa quería casarse con ella. «Maravilloso todo», pensó Ana. Empezó a mandar a la papelera los correos basura y casi borró el único, quitando el de J, que era la respuesta a aquello que tanto esperaba. El proyecto de serie que había presentado a sus jefes supremos hacía ya unos meses, el proyecto que era «inviable desde cualquier punto de vista», como le dijeron hasta la saciedad, exactamente aquel proyecto, había sido aprobado en las alturas y podía empezar a realizarse, había presupuesto y medios, había de todo... excepto ganas por su parte.

Estaba desfondada; tan cansada, tan tristemente cansada, que era incapaz de emprender algo nuevo, de cargarse de eso que llaman ilusión y que te convierte en ilusa a poco que te descuides.

El proyecto del DVD le había devuelto algo de ese espíritu medio olvidado cuando estaba empezando a rendirse a la monotonía, a esa rutina que es un enorme paraguas que te cobija del temporal. Hacía tiempo que no tenía órdagos que echar a nadie, ni siquiera a sí misma, nada que demostrar, ningunas ganas de lucirse o de epatar a otros. Tenía un sereno y agotado pasotismo que nunca había tenido. De haber sido capaz de dedicarse a otro trabajo, ya habría presentado su carta de renuncia, pero solo podría lavar platos o fregar, porque ni planchar se le daba bien.

Tan pronto se sentía una privilegiada por ganarse la vida con el oficio que siempre había amado, como una miserable que no hacía nada más que cubrir el expediente. ¿Rueda de prensa?, pues rueda de prensa. ¿Directo porque nieva?, pues toma directo. Y así mes tras mes, intercalados con conexiones porque hacía calor en verano, se inundaba media ciudad cuando diluviaba o se había muerto un famoso y le tocaba cubrir sus exequias.

Hasta las necrológicas le daban pereza, y eso que a Ana le habían gustado siempre. No era una desviación ni una obsesión. Le atraían porque para el montaje de la pieza había que pedir muchas imágenes de archivo, la mayoría en blanco y negro, la mayoría de los tiempos en que no había coches en las calles, ni apenas gente, ni contaminación; tiempos difíciles que parecían más humanos desde la distancia, casi como había hecho su padre rescatando viejos celuloides. Un viaje al pasado a través del recuerdo, aunque Ana reconocía que era un poco cruel resumir toda una vida en algo más de un minuto. Un comprimido que ocultaba millones de partículas, de detalles que habían servido para construir toda una existencia.

Abrió la web que alojaba el blog de J y ante aquellas páginas virtuales aún en blanco, se preguntó si aquella sería la necrológica del hombre inmóvil, la historia de su vida, del último y doloroso tramo de su vida narrado por él mismo.

No contestó al correo en que se autorizaba su proyecto. Era incapaz de decidir entre un sí o un no.

Lo que hizo fue escribir a J.

¿Te apetece visita?

31

A dos velas

Ella le oyó entrar desde la cocina mientras freía los filetes e intentaba no abrasarse con el aceite que chisporroteaba en la sartén. La apartó de la vitrocerámica y fue a su encuentro en el vestíbulo.

—¿Qué tal, cariño?

—¡Ay, Sofía, ni te lo imaginas! ¡¡¡Ni te lo imaginas!!!

Pablo estaba pletórico, entusiasmado, cargado de adrenalina. Como si hubiera descubierto la cura del cáncer, la vacuna universal para todas las enfermedades o la fórmula definitiva para lograr la paz en el mundo. O todo eso junto. Hacía tiempo que no lo veía así, con tanta emoción. Casi daba saltitos cuando se quitó los zapatos. La abrazó mientras seguía diciendo: «¡Ay, Sofía!», y para ella fue como escuchar su nombre por primera vez en la voz del hombre al que amaba.

—Tengo la cena casi hecha, ¿vamos a la cocina y me cuentas, o sigue siendo secreto? He puesto a enfriar el verdejo y he encontrado las copas buenas, las de las celebraciones, estaban en la tercera caja «Frágil».

Entonces sonó el móvil y él le hizo con la mano un gesto que indicaba: «Un momento, espera, esto es importante», se marchó al dormitorio y cerró la puerta. Y ella, con las pinzas de freír los filetes en la mano goteando una pizca de aceite, volvió a la cocina y se sentó.

Los espárragos estaban un poco lacios en la fuente, rodeados de un séquito de patatas cocidas, adornados con una ramita de perejil. Había puesto dos candeleros de cerámica en la mesa sobre un mantel de tela que hacía siglos que no usaban. Se suponía que era una cena especial, una celebración de un gran éxito de Pablo. Lo oía hablar por teléfono pero no entendía lo que decía, le pareció que hablaba de ventanas, de misterios, quién sabe a qué se referían.

Sofía miró la de la cocina e intuyó unas sombras recogidas en el alféizar. «Han venido a dormir... ¡Los cernícalos han venido a dormir!». No parecía molestarles la luz de la cocina, pero la apagó y encendió las velas. Así, en esa penumbra de cena romántica, se veían mejor los contornos del plumaje, los picos afilados, el sueño tranquilo de los cernícalos en aquella ventana que, quizá, también estaba cargada de ilusión. Y de misterios.

Se sobresaltó cuando Pablo entró en la cocina, quizá había pasado más de una hora desde que se había ido para hablar por teléfono.

—¿Todo bien? ¿Cenamos y me cuentas?

—Lo siento, preciosa, me necesitan otra vez, no creo ni que pueda volver a dormir a casa. —Pablo se había puesto serio o estaba muy preocupado, Sofía lo vio en su cara cansada.

—Vaya, creí que ya estaba todo en marcha, me has escrito que a los coreanos les había encantado. ¿No me puedes adelantar nada? ¿No vas a cenar siquiera?

—No te preocupes por eso, ya pediremos algo de comida y mucho café en la oficina. Siento irme así, pero es que a veces los flecos son tan importantes que pueden dar al traste con todo, tengo que terminar de pulir algunas cosas. Nos reuniremos todo el equipo, no me esperes despierta.

Le dio un beso en la frente, se puso los zapatos, se ajustó la corbata al cuello, cogió el maletín con el portátil y se marchó.

Sofía se quedó sentada en la cocina. Apagó las velas con un soplido («Feliz no cumpleaños», se dijo), limpió las gotas de aceite con la fregona, tapó los filetes con papel de aluminio y metió los espárragos, cada vez más lacios, en el frigorífico. El reloj del microondas declaró que eran las 23:30. Descorchó el vino y se sirvió una copa. Otra un momento después. Otra más. «Total, para lo que queda, me termino la botella». Y sola en la oscuridad la consoló ver las siluetas de las aves que, de alguna forma extraña, le hacían compañía al otro lado del cristal. Mascotas silvestres y libres.

Cuando se levantó de la incómoda silla de la cocina estaba demasiado mareada para intentar escribir algo en el blog, así que se lavó los dientes y se metió en la cama. Algo borracha, un poco anestesiada, un tanto inconsciente y bastante confusa.

Se durmió enseguida y soñó que volaba sobre un acantilado, un vuelo tambaleante, incierto, errático. Soñó que estaba a punto de estrellarse en mitad de una tormenta sobre unas rocas afiladas que emergían del mar. Rugían los truenos y los rayos zigzagueaban en el cielo. La luz de un faro destellaba a lo lejos alertando del peligro.

Soñó que dos aves la tomaban de los hombros con sus poderosos picos, esquivaban los rayos y, dulcemente, la posaban en un terreno seguro. Le habían cavado un hoyo en la arena cálida y le decían: «Tranquila, aquí estarás bien, en el nido estarás protegida, a salvo, nosotros te cuidaremos». Y ella se arropó, agotada por la experiencia de volar, algo aterrada por la posibilidad de estrellarse, pero tranquila, porque los cernícalos estaban cerca y la cuidarían siempre. Y ella, a ellos.

32

La abuela cebolleta

La habitación invernadero reunía toda la luz de la calle a esa hora, casi mediodía. Un refugio con los trebejos de pintar, de esculpir, de crear, los cientos de papeles, recortes, ese mare-mágnum de objetos detenidos en el tiempo, como si su dueño pudiera ponerse en pie y usar las manos para ordenar, orga-nizar, buscar y enseñar. Afuera los pájaros presentían prima-veras y un guirigay de trinos resonaba en los tejados.

J, ante el ordenador, con la media sonrisa en la cara, la invitó a sentarse en la silla junto a él. Para Ana verle sonreír era un regalo.

—Me ha encantado tu carta, la del taller. Es lo primero que he leído esta mañana al levantarme.

—Me gusta recordar aquellos tiempos. Cada vez me pa-rezco más al abuelo Cebolleta. Ahora me arrepiento de mis discusiones en aquella época con algún que otro galerista, pero es que eran muy suyos.

—Eso mismo dirán ellos de los artistas, que sois muy vuestros. —J movió a duras penas la cabeza en un gesto que era un no—. Anda, no me lo niegues, por lo menos algunos.

—Hay de todo, pero sí, también hay periodistas chulitos, ¿o no?

—De esos hay a patadas y cada vez lo llevo peor; yo los patearía.

—Decían de los periodistas que perro no come perro..., vamos, que entre vosotros no os atacáis.

—Pues ahora te lanzan tarascadas hasta por preguntar algo obvio en una rueda de prensa. Aunque también te digo que algunos sueltan preguntas que... mejor estar callado y no hacer el ridículo.

—Cuenta, que tú también eres de contar «cebolletadas». Me encantan, de verdad.

—La más gorda que recuerdo es con Severo Ochoa.

—¡Menudo nivel! —exclamó J sorprendido.

—Fue una enorme suerte poder conocerlo. Ocurrió hace siglos en la facultad de Medicina, adonde fue para recibir el doctorado *honoris causa*. Era un hombre muy serio, impresionaba saludarlo. No recuerdo qué pregunta le hicieron, pero sí que él habló de su ateísmo, de la ciencia, de la importancia de la investigación para que España fuera de verdad un país desarrollado.

—Mucho caso no le hicieron.

—Ninguno. Total, que en eso estaba cuando una periodista le suelta: «Pero, señor Ochoa, ¿queda algo por descubrir?». Hubo un silencio sepulcral. El científico miró a la susodicha y le espetó: «¡Saber qué es la vida! ¿Le parece poco?». Y allí terminó la rueda de prensa.

—Glups...

—Para que veas; hay que ser muy imbécil para estar con un premio Nobel y preguntar esa idiotez. Y eso pasa por no callarse, por no escuchar, por no intentar aprender de cada cosa que haces. Y, hablando de premios Nobel..., buf, ¿te cuento otra «cebolletada» de las mías?

Los ojos de J brillaban.

—¡Pues claro! ¡Ya estás tardando! —dijo.

Así que Ana recordó para él aquella entrega de premios en el gran teatro de la ciudad. Se la narró como si fuera un reportaje periodístico.

—Estaban todos. Si no estabas, no existías, no eras nadie, un mindundi, seguro. Los perifollos de las señoras (habitualmente «señoras de») se habían encargado a las modistas con meses de antelación. Conseguir hora en las diversas peluquerías era casi misión imposible. Como si fueran a asistir a una boda real, como poco. Había que dejarse ver y contar después a las envidiosas amistades (que no habían sido invitadas) todas aquellas maravillosas experiencias. En un anacronismo impropio del siglo XXI, hasta el señor arzobispo asistía al acto solemne. Ni que decir tiene que estaba el presidente autonómico, la plana mayor de su gobierno, el delegado del ídem, el ayuntamiento en pleno, la diputación provincial, altos mandos militares...

»En fin, la entrega de premios. Pues eso. La *crème de la crème* un poco casposa, pero *crème*, al fin y al cabo. Los premiados, personas relevantes en diversos campos: literatura, ciencias, arte y ¡deporte! Deporte así, con exclamaciones admirativas porque el galardonado era el futbolista más célebre de aquella temporada y las anteriores, en la cresta de la ola, un crac, oye, un auténtico crac. Así que en la zona de camerinos el revuelo era considerable. En el exterior del edificio la Policía Nacional había desplegado incluso a los antidisturbios, que acordonaban la puerta de artistas para cuando llegase ÉL, la estrella indiscutible. Y así fue.

»El resto de los premiados entraron con calma pero cuando ÉL se bajó del enorme coche rodeado de varios guardaespaldas más enormes aún, se lio una gorda. Una muy gorda. Gritos, empujones, intentos fallidos de tocar al de-

portista como si fuera un santo en procesión, aplausos, vivas... El cordón policial resistió la marabunta y ÉL entró
ágil y elegante en el teatro. El traje que llevaba probablemente equivalía a un año de mi sueldo, pero así eran las cosas
entre los famosos.

»Yo tenía el encargo de hacer unas breves entrevistas en
el proscenio, antes de que los premiados salieran al escenario para recoger el galardón. Y lo hice con todos los premiados. La mayoría no se conocían unos a otros, el único uni-
versalmente conocido era ÉL, claro.

»Pero entre aquellos señores había uno, quizá más tímido que los demás, que había pasado completamente desa-
percibido; es más, parecía incómodo en aquel evento, como
si aún no entendiera por qué era necesaria su presencia. Lo
observé con interés; de hecho, para mí, cuando preparé las
entrevistas, aquel era el más interesante de todos los asisten-
tes. Menudo, pelo blanco y unos setenta años largos, acaso
ya lindando los ochenta, había ido solo y en soledad seguía,
sentado en un rincón, casi a punto de esfumarse. Pensé que
solo yo de entre aquel abigarrado grupo sabía quién era el
hombre menudo y cano, y me dio entre pena y risa.

»Entonces se me ocurrió. Futbolista y anciano compartían nacionalidad y decidí presentarlos uno a otro. Justo antes de la entrevista con ÉL, le dije en francés: "Me gustaría
presentarle a un compatriota suyo, quizá le agrade conocerlo. Aquí, monsieur X, Premio Nobel de Física, y, aquí, monsieur Z, jugador de fútbol". Hubo un silencio incómodo porque ÉL miró al Nobel como si jamás en la vida hubiera oído
su nombre (y así era), y el anciano de pelo cano, probablemente acostumbrado a su invisibilidad, inclinó un poco la
cabeza y saludó al futbolista comprendiendo que el famoso,
evidentemente, era ÉL. De la ciencia ya echaría mano la so-

ciedad cuando la necesitara. Quizá con el dineral del fichaje del excepcional deportista podría sostenerse mucho tiempo, años quizá, un laboratorio de investigación.

»Y eso fue lo que aprendí de aquella memorable, casposa y prescindible entrega de premios —concluyó Ana la narración.

—Hay gente que jamás aprende nada. ¿Te apetece que te enseñe más cosas de casa?

Claro que le apetecía. Las habitaciones reunían un universo entero y la última vez había quedado mucho por explorar. Aquellas estancias eran lo más parecido a los «cuartos de maravillas», los gabinetes de curiosidades que atesoraban los nobles y pudientes entre los siglos XVI y XVIII. Eran tiempos de descubrimientos sorprendentes, de piezas exóticas que llegaban a Europa desde lugares remotos y se reunían en habitaciones o armarios para asombrar a las visitas, para demostrar poder o riqueza. Fósiles, plumajes de aves desconocidas, herbarios con plantas nunca vistas. De aquellas colecciones dicen que nacieron los museos tal como los conocemos ahora.

El recorrido volvió a empezar en la habitación desde la que se salía a la galería. Una estantería de madera tosca ocupaba una pared entera, de techo a suelo. Allí se almacenaban tantos objetos que Ana no sabía adónde mirar.

—¿Qué es ese líquido, el de la botella del estante de arriba?

—¡Agua de plata! —dijo J soltando una carcajada.

—Mira que eres...

—Mercurio. Exactamente un litro de mercurio.

—¿El de los termómetros?

—El mismo.

—Pero los están retirando, por lo visto es tóxico.

—Muy tóxico, aunque, como no lo sabíamos, de críos

jugábamos con él. Es un metal pesado pero se mantiene en forma líquida. Es fascinante. A los alquimistas les encantaba, y hasta hace poco se usaba para sostener todo el sistema óptico de los faros a fin de que una estructura tan grande pudiera girar con suavidad.

—Y... ¿de dónde lo has sacado?

—Secreto...

—¿Para qué lo quieres? —Ana estuvo a punto de decir «querías», pero se contuvo. La vida pasada de J iba desvelándose para ella casi cada día, pero había enormes lagunas oscuras en las que quizá era mejor no zambullirse.

—Ahora ya para nada... Antes, «antes de», solo por el gusto de tenerlo y mirarlo de vez en cuando, como tantas cosas.

Sí. Cada día Ana aprendía algo nuevo de J. De su sentido ético y estético, de tanto como había leído, de lo mucho que se interesaba por cualquier tema, de su forma de analizar los artículos de la prensa, desmenuzando las ideas como se hace con el pan para alimentar a los gorriones.

A veces J le mandaba un correo solo para avisarla de que había un artículo nuevo de Lobo Antunes en *El País*. Era fiesta para ambos cuando el portugués escribía. El lisboeta que dijo: «Solo hay dos cosas importantes en la vida: el amor y la amistad; el resto es una mierda».

En sus salidas al campo o a la montaña, J había recogido lascas de piedras, troncos retorcidos, corales, caracolas. Como hiciera Joan Miró tantos años durante sus paseos, recolectaba todo lo que le llamaba la atención, que evocaba algo, más allá de sus formas, alejado de la materia y pegado a ella. Objetos evocadores que ayudaban a construir mundos imaginados. Fuente de inspiración a la hora de crear.

Rompió la periodista el silencio; dejó de observar los objetos de la estantería, el brillante mercurio, las ramas retorcidas que parecían esculturas, un nido diminuto perfectamente circular, tejido con mimo por algún pequeño pájaro, y preguntó al hombre inmóvil:

—¿Has empezado a ordenar los textos para tu blog o todavía no?

—Estoy en ello, tengo una prisa relativa. Bueno, todo lo que tengo es relativo.

Seguían en el gabinete de curiosidades y a Ana le pareció que era buen momento para contarle su nuevo plan profesional.

—Es que... quizá esté un tiempo fuera, varios días al menos. Me han aprobado el proyecto que parecía imposible que llegara a realizarse, la serie de documentales de astronomía que me hacían mucha ilusión.

A J le brillaron tanto los ojos, se puso tan contento, que casi gritó:

—¡Y me lo dices ahora! ¡Las buenas noticias se dan al principio!

—Es que no sé..., no sé si me apetece.

—¿Aquellos documentales de los que me hablaste? Pero si llevabas tiempo dándole vueltas.

—Ya, pero se me ha pasado la ilusión.

Ana se sintió boba. Una vez más, era increíble, olvidó que hablaba con alguien inmovilizado, dependiente, libre solo en el interior de su cabeza, en los sueños, los recuerdos.

—Yo que tú, no desaprovecharía esta oportunidad. —J se puso serio—. Nunca se sabe cuándo habrá otra y siempre me has parecido una tía valiente. Prudente pero valiente. O sea, no temeraria.

—Temerosa, cada vez más temerosa. —Ana casi lo dijo para sí misma.

—Precavida...

—Sí, mejor que temerosa. Cuántas palabras hay y cuántos matices. Está también la osadía, no hay que olvidarse de ella. A veces, hasta hacer planes es osado.

—Dímelo a mí.

Se hizo el silencio en aquel gabinete de las maravillas. Brillaba el venenoso mercurio en el estante de madera reflejando mansamente su secreto y plateado peligro. Piaba algún pájaro en el patio. La luz se desparramaba en la abigarrada habitación, tan cerca de donde se detuvo el tiempo aquel día. Nunca se lo había preguntado, le daba entre pudor y pavor. Y como si él adivinara en qué pensaba, le dijo:

—Fue aquí mismo, en casa.

Giró un poco la silla de ruedas y la madera crujió bajo su peso.

—No me lo cuentes si no quieres, igual prefieres no recordar.

J tomó aire; el cable del respirador estaba tirante, y miró hacia la escayola blanca, allá arriba.

—Tenía los trebejos de escalada colgados en el techo, estos techos tan altos dan para mucho. Las cuerdas, los mosquetones, casi formaban un decorado, con los nudos entrelazados. Hice como si fuera a deslizarme por la pared de un monte y me caí.

Ana, de pie ante él, casi podía ver la escena a cámara lenta.

—Fui a dar con el cuello en el suelo. Lesión medular en la C3, la cervical 3. Era el año 2000, el año en que parecía que tantas cosas iban a empezar, estrenábamos década y algunos decían que milenio. Yo estrené... mi pentaplejia. Así que, ya ves, puedes hacer burradas en el monte, en las cuevas, con el coche, barranquismo, puenting, puedes ser el más osado del mundo, el más valiente o el más descerebrado, y va y te partes la crisma en tu propia casa. No estoy muerto porque no estaba solo. Me llevaron al hospital donde trabajaba y me salvaron, pero me dejaron esta vida... No los culpo, nunca se puede culpar a quien hace lo que cree mejor.

Volvió el silencio. No había mucho más que añadir. Lo que te cambia la vida, y hasta te la quita, sucede en un segundo, en menos de un segundo. En un instante. Esa fracción de tiempo inconcreta, fugaz y fatal.

—Lo siento tanto. —A Ana se le quebró la voz.

—Haz los documentales, trabaja en lo que tan a fondo habías preparado, igual no tienes más oportunidades. Además, voy a ser egoísta, tendrás muchas más historias para contarme; las «cebolletadas» son mi debilidad. Piensa que me llevas de viaje contigo. ¿Sí?

Y sonrió.

Y la desarmó.

33

Persecución aérea

Sofía se despertó muy temprano, tenía la boca pastosa y le dolían los hombros. «El vino, la botella entera que me pimplé anoche, y la mala postura, debí de caer medio desmayada en la cama», pensó entre bostezos. Alargó el brazo hacia el lado de Pablo, pero él no estaba, no había dormido en casa.

Empezó a recordar entonces que se fue sin cenar, que las velas iluminaban la cocina y que los filetes estarían secos como la suela de un zapato. También oyó un piar que llegaba desde la ventana y recordó el sueño, los cernícalos salvadores que la condujeron a un nido en la arena. «Igual me duelen los hombros porque me llevaron volando sujeta por ahí...». Se llamó boba a sí misma, se desperezó un poco y antes de ducharse ni de hacer nada se acercó con la cámara a la ventana.

Allí estaban. El hoyo en la tierra era cada vez más profundo. La hembra se había recostado en el hueco y el macho vigilaba al borde del alféizar. En un momento dado echó a volar y fue directo a por una urraca que, en su vuelo, se había acercado demasiado. El cernícalo gritó furioso mientras la perseguía, hizo quiebros imposibles entre chimeneas y antenas, parecía una exhibición de acrobacias. Finalmente, la urraca desapareció graznando indignada y él regresó a la ventana que era su casa, se acicaló las plumas revueltas tras el vuelo y se acomodó tranquilamente sobre el tiesto rojo y blanco, sostenido solo por una pata, para seguir esperando. La hembra piaba con mucha suavidad, como un canto leve y emocionante.

Sofía tiró unas veinte fotos, ya no había que controlar cuántas porque no existía un carrete que se terminaba en un pispás, como ocurría antes. Se hizo un café y se sentó. Aquellas sillas de la cocina nueva serían de diseño, pero se clavaban en la espalda como un cilicio.

Por aquello de ver las noticias mientras comían, habían puesto una televisión pequeña en la esquina de la encimera, y Sofía se dio cuenta de que no la encendía desde que los cernícalos estaban en la ventana: eran un espectáculo maravilloso, mejor que cualquier serie.

Le llegó un mensaje de Pablo al móvil.

Nena, ya está hecho, no sé si iré a comer, pero a eso de las dos mira por la ventana, hacia el este, hacia la torre alta junto al río. Verás qué sorpresa. Te quiero. Besos.

«Bueno —se dijo Sofía—, un misterio, una sorpresa, mira qué bien».

Los filetes tenían un tono verdoso nada apetecible. Los tiró a la basura, casi veinte euros echados a perder. Tenía huevos en la nevera, podía hacer una tortilla de patatas que también serviría para la cena si es que él no comía en casa. Los espárragos tenían poco arreglo, la verdad, quizá cortados servirían para meterlos en la tortilla; más cocina de aprovechamiento. Se duchó muy despacio procurando que el agua caliente le relajara los doloridos hombros, los brazos, el cuello, la nuca.

Pasó el aspirador, abrió una de las cajas que contenía libros y estuvo un rato pensando cuáles pondría en el cuarto de estar —desde que se habían mudado no estaba allí casi nunca— y cuáles en la estantería del pasillo. Era lo primero que compraron cuando se fueron a vivir juntos y les dio pena desprenderse de ella, aunque estuviera pasada de moda. Colocó allí los libros que también marcaban sus tiempos de pareja, cuando les dio por Henry Miller, por Boris Vian, por Bukowski...

Cogió un volumen de este último, roído por el paso del tiempo, y leyó unas líneas en las que el viejo poeta reflexionaba sobre cómo nuestra personalidad se queda en nuestras pertenencias, en los zapatos, en un sombrero, incluso en unos guantes, por ejemplo. Se trataba de *El capitán salió a comer y los marineros tomaron el barco*, un diario que Bukowski escribió poco antes de morir. «También nuestra personalidad se queda en nuestras casas y nuestras cosas —pensó Sofía—, en el orden y el desorden de lo que poseemos o creemos poseer, hasta que todo se vuelve prescindible».

Se asomó de nuevo a la ventana de la cocina. Allí estaba la pareja enamorada: la hembra piaba un poco más fuerte que antes y el macho no se alejaba del alféizar. Parecía que anunciaban que algo importante iba a ocurrir. «Otra sorpresa en otra ventana», pensó Sofía. Pero no sabía que, en una ventana distinta, la de su blog en el ordenador, también aguardaba algo «sorprendente», aunque, claro, puede haber sorpresas desagradables. Un nuevo comentario del mismo u otro anónimo, publicado de madrugada en un texto que Sofía había colgado días atrás, eso era todavía más perturbador.

Así que un vecino impertinente, señora que cría cernícalos en su ventana. Hay que tener mucho cuidado
con los vecinos. No se obsesione usted con las aves,
ellas saben cuidarse solas, limítese a no molestar o usted será la vecina incómoda y eso no estaría bien. Cuídese.

Un escalofrío le recorrió la espalda hasta que se detuvo
en sus doloridos hombros. Leyó veinte veces el comentario.
Seis líneas solo, suficientes para dejarla helada. El tono no
era amenazante, sino más bien condescendiente, tenía un
aire de superioridad que la indignó. El anónimo había insistido con sus gracietas en algunos mensajes más, pero aquel
comentario escrito tras rebuscar en sus textos anteriores
para sembrar malestar ya era excesivo. Decidió que no se
quedaría callada, que aquel era su blog y podía perfectamente poner los puntos sobre las íes a un ser tan chulesco.
El anonimato en la red no le daba ningún derecho a ensuciar
su blog, así que escribió:

Parece que sabe usted mucho de aves, señor o señora
anónimo. Le agradeceré que no me juzgue porque no
me conoce de nada. Si quiere ver las fotos o leer los
textos, estupendo, para eso están, pero puede ahorrar-
se los comentarios críticos o cínicos. Cuídese mucho
usted también.

Luego le dio clic a «publicar» y se sintió mejor después
de hacerlo. «Hay demasiada gente desocupada —se dijo—,
y me ha caído un pelma listillo en el reparto, qué suerte».
Había grabado un vídeo de la cernícala piando desde el
hoyo de la jardinera y lo publicó.

Parece que pronto habrá novedades en el nido, o no, quién sabe, pero esto se está poniendo emocionante. Si suben el volumen escucharán su canto, es muy dulce.

Fue a la cocina y se puso a pelar patatas para la tortilla. Cocinar siempre la relajaba, casi tanto como mirar por la ventana. A las dos se asomaría y vería lo que iba a pasar hacia el este, como quien sigue los trazos de un mapa del tesoro buscando la X enorme que marca el lugar exacto de ese hallazgo que Pablo le había anunciado.

34

Viajes

El viaje fueron muchos viajes, y a lugares muy lejanos. Horas de espera en aeropuertos para hacer escala en Londres y de allí volar a Los Ángeles y de Los Ángeles a Hawái, del nivel del mar a los más de 4.000 metros de Mauna Kea, el volcán dormido que adoraban las gentes de allí por sus antiguas tradiciones y los científicos por sus extraordinarias posibilidades.

Allá arriba estaba el conjunto de telescopios más espectacular del mundo. Un observatorio donde el vértigo de la pequeñez humana se veía con claridad. De eso trataba aquella serie que había preparado con ilusión desde hacía tanto tiempo. De estrellas y de cómo mirarlas, de cómo acercarse a un cielo inmenso y desconocido.

Cómo habría disfrutado J contemplando aquella inmensidad, viviendo todo aquello. No había vegetación en las alturas, el paisaje era un permanente contraste entre las oscuras cenizas del viejo y venerado volcán y la nieve brillante y blanca, como las cúpulas de los observatorios.

A Ana y a todo el equipo les impresionó mucho el silencio de aquellas cumbres. Cuando cesaba el ronroneo del motor del todoterreno solo se oía la respiración agitada de los humanos debido al descenso de la presión atmosférica. Les costó aclimatarse a la altitud y acostumbrarse a aquella opresión que a menudo causaba mareos. Ana se acordaba de J, de su permanente ahogo, de su imposibilidad de inhalar por sí mismo, de ensanchar los pulmones, de suspirar, de respirar. Él padecía a diario el mal de altura sin siquiera poder disfrutar de las cumbres en las que en otros tiempos fue tan feliz.

Había otra extrañeza allá arriba, a cuatro kilómetros de altitud sobre el nivel del mar, tan cerca del cielo: en la cima no se oía piar, no había aves surcando el aire, ninguna silueta alada encima de sus cabezas. «Qué triste —pensó Ana—, un mundo sin pájaros, tan triste como una vida con las alas cortadas».

Vieron paisajes exóticos parecidos a los paisajes exóticos de otros lugares. Palmeras altísimas y cielos rojizos al atardecer. Personas atareadas y varadas en los atascos como ocurría en todas partes. Familias que discutían, carros de la compra cargados y gente que pedía algo de comida en la trasera de los restaurantes o rebuscaba en los contenedores. Pobres, había pobres en todas partes, también en el país más rico del mundo. De todos los colores. No de todas las razas, porque, como le dijo una vez un patriarca gitano: «Eh, paya, solo hay una raza, la humana».

En los viajes, como en el trabajo diario, siempre se aprendía, solo había que estar dispuesto a ello. Desde que era solo una novata, años atrás, Ana constató que uno de los beneficios del periodismo era la permanente posibilidad de aprendizaje. La empujaba a entender a las personas, comprender las situaciones, ponerse en el lugar del otro, acercarse al sabio y al pobre, al famoso y a la anciana desahuciada, a las tragedias y las alegrías cotidianas de los humanos. Narrar la vida, eso es lo que hacía siendo periodista. Nada más y nada menos.

En los aviones de vuelta, cuando intentaba dormir, solo pensaba en lo feliz que sería J cuando le contase todo lo que había vivido. La inmensidad del cielo visto desde las alturas, las brillantes cúpulas de los templos celestes que eran los observatorios, los paisajes extraños y desérticos, el silencio de las cumbres, la magia de los volcanes dormidos y el estremecedor espectáculo de los que estaban en erupción casi permanente. Las feroces entrañas de la Tierra vomitando llamaradas, devorando terreno con la lava ardiente, aterrorizando a los indefensos humanos. En el último avión, aquel donde volaba para regresar a casa, Ana soñó con una hermosa águila que sobrevolaba poderosa la boca de un volcán, esquivaba las cenizas incandescentes, los proyectiles en llamas. Un ave fénix inmortal.

A su regreso, cayó agotada en un sueño profundo que encadenó durante horas y horas. El *jet lag* pasaba factura. Despertó extrañada de estar en su cama y no en uno de tantos hoteles en los que había dormido y, cuando tomó conciencia de que estaba de vuelta en su ciudad, corrió al ordenador para contar a J que ya había regresado.

En Estados Unidos le había sido imposible conectarse a internet; incluso los teléfonos móviles eran allí un trasto inútil, pues los europeos eran incompatibles con los norteamericanos por problemas derivados del 3G. Una desconexión dolorosa para Ana, que temía que en su ausencia J pudiera empeorar, sin que ella se enterarse siquiera.

Precisamente eso fue lo que ocurrió.

Había una carta de él, de hacía unos días. Le hablaba de infecciones recurrentes, de antibióticos que no daban resultado. Y...

Ando algo atontado, incapaz de que me cunda nada la escritura, con correo atrasado y con la cabeza inquieta ante un futuro muy negro por incierto. Esto tendría que resolverlo ya pero no lo tengo solucionado y empiezo a verme abocado a acabar en una residencia. Estoy valorando si mandaros a unos pocos un mensaje un poco desesperado, sin presión ni compromiso, ni siquiera necesita acuse de recibo. Por si suena la flauta..., que el mundo es un pañuelo y donde menos se espera salta la liebre.

Ana se echó a llorar delante del ordenador, incapaz de entender aquellas palabras. ¿A qué se refería con «futuro muy negro por incierto»? «Esto tengo que resolverlo ya» sonaba a ultimátum. ¿Qué era aquel email? ¿Qué les iba a pedir J en el mensaje desesperado que aún no se había atrevido a escribir?

Ana se sintió mal por haber estado ausente, tuvo la sensación de que durante ese tiempo algo se había precipitado. Algo quizá inevitable, algo que ni ella ni nadie hubiera logrado evitar. Una punzada en el pecho le decía a Ana que ya no había marcha atrás, que su amigo había tomado un camino sin retorno. En la cama, en la silla de ruedas, en la habitación invernadero, la cabeza de J pergeñaba un plan que, por el momento, solo él conocía.

No avisó a nadie más de que ya estaba de regreso, ni siquiera deshizo la maleta; se marchó a casa de J con la celeridad de una ambulancia que acude al escenario de un desastre antes de que sea tarde.

El portero automático de la vetusta casa de J casi nunca funcionaba, así que entró en el portal y subió a la carrera los desiguales y desgastados escalones de madera. Le abrió la puerta una de las cuidadoras a la que Ana había visto pocas veces. Entró en la habitación invernadero como una exhalación.

—¡Ya estoy aquí! —dijo gritando y con una sonrisa en la cara para disimular su preocupación.

—Pero bueno... Tanto tiempo sin verte ni saber de ti. Creo que hasta has crecido unos centímetros.

De nuevo, la risa atragantada con el tubo en la garganta. Bromeaba como siempre. Ana se relajó un poco, no parecía que la angustia de la carta estuviera instalada en la habitación como un visitante incómodo y pertinaz. Al contrario, J parecía ansioso porque ella le contara los sucedidos del viaje y Ana no quería traslucir la inquietud que aquella carta le había desencadenado.

Le habló del viaje, de las aventuras en los aeropuertos, de las enormes distancias, la gente tan variada, el cansancio y las cervezas con el equipo por las noches, cuando volvían al hotel derrengados. Compartió con él el mal de altura que habían padecido todos, las impresionantes cumbres del volcán dormido. Le narró en exclusiva las vidas de los astrónomos que se turnaban allá arriba para que los telescopios funcionasen y le habló también de la ausencia de aves. Se lo contó todo. Y él escuchaba atento; de vez en cuando sonreía y se alarmaba al oír algunas anécdotas, y entonces levantaba las cejas y las gafas.

—Yo no me he movido —se limitó a decir cuando ella acabó su relato. Entonces volvió a reír y con cara misteriosa añadió—: Mira el blog, ya he puesto algo, imagino que lo he hecho mal, aunque seguí tus instrucciones al pie de la letra. Por cierto, qué descubrimiento el de esa chica y los cernícalos de su ventana, algo tan pequeño y qué ilusión, oye, que la pareja se pasa el día dale que te pego, si siguen así pronto tendrán pollitos.

Ana vio en esa ilusión algo muy esperanzador. Se sentó junto al hombre inmóvil delante de la pantalla del ordenador con carcasa floreada. Ese día andaban muy revolucionados los pájaros por las azoteas y los tejados. Un guirigay de trinos y aleteos con afanes primaverales.

Había cambiado el título provisional que Ana le puso al blog, «La ventana de J», por otro mucho más explícito: «Destilados pentapléjicos». Como subtítulo, todo en mayúsculas, una advertencia a los posibles lectores: «QUE TENGA CUIDADO QUIEN ENTRE A ESTAS NOTAS CON ESPÍRITU INOCENTE Y AÚN CARGADO CON EL LASTRE DE LOS BUENOS SENTIMIENTOS. NO ENCONTRARÉIS ÁNIMOS PARA SEGUIR ADELANTE NI CONSUELOS CÁLIDOS EN ESTE RINCÓN. TAN SOLO OFREZCO REFLEXIONES DESCARNADAS SIN ESPERANZA CON LA FRIALDAD DE LA RAZÓN DUEÑA DE SU DESTINO INEXORABLE HACIA LA MUERTE. EN CUANTO HAY ESPERANZA SE PIERDE LA POSIBILIDAD DE PENSAR RACIONALMENTE Y ENFRENTARNOS A NUESTRA MUERTE LIBRES Y SIN MIEDOS».

El blog ya mostraba bastantes textos y sin apenas erratas. J se había esmerado en la tarea de narrar. A Ana le llamó la atención que no firmase con su nombre real.

—¿Por qué ese seudónimo de Lucas?

—Bueno, cosas mías.

Estaba misterioso, pero parecía satisfecho. Su primera entrada en el blog era previsible, como suelen serlo:

Esta es una página personal destinada a mostrar pensamientos, opiniones...

Pero pronto había entrado en materia. Aquellos textos eran contundentes, tremendos, descarnados, pensó Ana al empezar a leer. Alejados de sensiblerías, sin anestesia, sin piedad.

¿En qué puede dignificar a una persona una agonía indeseada? ¿Dónde queda el ejercicio de la razón, atacada y asediada por graves sufrimientos, posiblemente afectada por déficits fisiológicos que pueden reducirla a nada? ¿Qué integridad ética se puede mantener con una existencia que tiende a los niveles más elementales —animales— de supervivencia? Mientras no se regule la eutanasia seguirán produciéndose *cacotanasias* inútiles, dolorosas, contra la voluntad de quienes tienen que sobrellevarla.

—Vaya, ya te han escrito comentarios —dijo Ana, mientras intentaba digerir la intensidad del texto que acababa de leer.

—Calla, calla, casi se me suelta el tubo de la risa leyéndolos. Bueno, al principio me indigné un poco, lo reconozco, pero poco, ¿eh? Luego, ya me entró la risa. No me conocen de nada y me escriben estas idioteces.

—Es lo normal, J, ya sabes cómo es la gente. —Le preocupaba que alguien pudiera herir a su amigo—. Si no te apetece leer las opiniones quitamos la posibilidad de recibir comentarios y ya está.

—No, no, déjalo, está bien saber qué clase de personas hay por el mundo.

—No representan ni al mundo ni a la gente, ya te lo digo yo. Son pocos, una minoría, pero hacen mucho ruido. Opinan de todo porque pueden y porque tienen mucho tiempo libre. Antes mandaban cartas al director en los periódicos para desahogarse o dejaban anónimos en el buzón de un vecino que les caía mal, ahora se dedican a soltar sus opiniones en blogs y foros. Y suelen ir a degüello porque son anónimos.

—Oye, no te metas con los que escriben cartas al periódico —dijo él guiñándole un ojo—. Es broma, entiendo a qué tipo de personajes te refieres. Mira qué dice este.

> Si esto es una alusión al caso de Ramón Sampedro (sobre cuyo caso trata la película *Mar adentro*), eso no fue para evitar la cacotanasia. Ramón Sampedro no estaba en un estado terminal, ni se le estaban aplicando medios desproporcionados para mantenerle con vida. Lo único que hacían era ponerle suero. Podría haber vivido cuantos años hubiera querido. Simplemente estaba paralizado. Su único sufrimiento, si acaso, era psicológico por no poder caminar, etc. Pero si señalas que eso es suficiente para legitimar su caso, entonces cualquier clase de minusválido tendría el mismo derecho al suicidio asistido que Ramón Sampedro. Y si nos ponemos así, quiero suicidarme porque me veo bajito y a mí me hubiera gustado ser bien alto.

—Madre mía, qué imbécil. «Simplemente estaba paralizado», «sufrimiento psicológico». Hay que ser muy, muy anormal y tener muy poca empatía. Ni siquiera ha leído tu biografía en el blog. —A Ana le indignaba la falta de sensibilidad.

—Y ese empeño en Ramón Sampedro... Pobre hombre, se hizo famoso por la película. Yo no soy Sampedro. Mira este otro comentario, más de lo mismo.

El mundo se mueve, millones de personas lo hacen al mismo tiempo, todos con sus vidas, sus opiniones y valoraciones. Tu opinión es clara y lógica pero no deja de ser TU opinión. Cada persona tiene derecho a decidir sobre sí misma. Además, ¿acaso eres tú R. Sampedro? Todos vivimos en un mismo mundo pero cada uno tenemos nuestras propias realidades y experiencias que nos hacen ser como somos y actuar de una determinada forma.

—Que es mi opinión, dice, claro, no va a ser la opinión del papa de Roma. —J se tomaba con sorna los comentarios, pero Ana sabía que, en el fondo, se sentía molesto porque aquellos desconocidos le estaban juzgando sin siquiera intentar ponerse en su lugar.

—Si quieres un consejo, pasa de los comentarios y de las opiniones. Ya sabes que son como los culos, todos tenemos uno.

—Bueno, el mío está bastante fastidiado, ya que lo nombras.

Se le había torcido el gesto al hombre inmóvil y Ana pensó que era el momento adecuado para preguntarle por la carta, aunque le daba miedo escuchar una respuesta que no quería oír.

—Oye, en tu correo hablabas de ir a una residencia…

—Estoy harto. El dinero de la venta de la casa del pueblo que me permite esta calidad de vida mínimamente aceptable está acabándose y no quiero pedir un préstamo solo por prolongar esto un poco más…

Era la primera vez que J le hablaba del dinero. Ana no lo había pensado hasta ese momento pero estaba claro que mantener aquella legión de cuidadoras las veinticuatro horas del día, todos los días y durante cinco años, debía de suponer un gasto prácticamente inasumible para cualquiera.

—Nunca has querido ir a una residencia, siempre me has dicho que recuerdas con horror cuando estuviste ingresado...

—No tengo dinero, Ana, son muchas personas cuidándome, un montón de gastos. Tampoco te he contado que me han escrito de la Fundación ONCE. —J tenía una capacidad innata para cambiar de tema cuando se sentía incómodo.

—¿Y eso? —preguntó sorprendida la periodista.

—Quieren que participe en un proyecto que están desarrollando sobre arte y discapacidad, como si ambas cosas tuvieran relación. Yo era artista, o lo que sea que fuera, «antes de». Quiero decir que creaba cosas, esculturas, dibujos, lo que me ha llenado tantos años; pero ahora soy una sombra de lo que fui.

—¿Y por qué no aprovechar la oportunidad y seguir siendo lo que eras? Me has recordado aquellos artistas que pintan con la boca o con los pies, creo que había unas postales navideñas hechas por ellos.

—*Artis mutis*. Sí, había gente muy capaz en ese proyecto, muy buenos creadores que no querían caridad, querían vivir de su obra. Y siguen existiendo.

—Anda, eso no lo sabía.

—Pues ahí tienes otro tema para un reportaje —dijo, y le guiñó un ojo.

A pesar de sus reticencias del principio, J le dio muchas vueltas a la colaboración que le habían pedido. Pasó horas escribiendo, enviando a Ana los textos por email para que los revisara y corrigiera, quería que fueran redondos, perfectos.

Era un perfeccionista y asumía que podía resultar cansino con una revisión tan puntillosa. Finalmente escogió dos de sus obras para el catálogo que reuniría a todos los artistas y los trabajos. Una escultura de 1986, de «antes de», y una pintura sobre cristal de 2005. Ana se sorprendió de que el hombre inmóvil hubiera seguido con su obra «después de».

—Esto..., esto es de 2005.

—Sí, diseño en el ordenador con el mismo sistema con que consigo escribir. Luego me lo llevan a imprimir porque son formatos grandes, grandes en mi cabeza, claro.

La periodista entendió entonces qué eran todos aquellos bocetos diseminados en la habitación invernadero y las piezas de cristal apoyadas en la pared. Tenía tanto por descubrir todavía de J el artista.

Las obras ilustrarían un texto largo, sin concesiones ni al lector ni a la gramática. Todo en minúsculas, ni una sola coma, ninguna pausa para respirar porque respirar es a veces un lujo que uno no puede permitirse. «O del que uno ya quiere prescindir», le dijo a Ana.

geometrías palabras relaciones fluctuaciones emanaciones transformaciones desapariciones ser mientras se es del todo a medias dejar de ser mientras todo sigue existiendo aunque no existamos aunque no existiendo nada existe y mientras existimos geometrías y palabras se explican entorpecen ayudan estorban cambian retornan disuelven actúan colaboran duermen estimulan atraen rechazan crean destruyen razón sinrazón del casi todo mucho a medias poco nada a más a menos cambios cuantitativos cambios cualitativos continuaciones rupturas matices cortes geometrías palabras fórmulas descripciones conceptos impresiones reflexión visceralidad fertilidad esterilidad comunicación incompatibilidad racionalidad animalidad seguridad libertad independencia alejamiento intervención desapego mística nutrición ética narcisismo lo feo lo bonito lo personal lo universal lo general lo particular lo sublime lo repugnante lo prescindible lo importante lo desencadenante lo castrante lo anecdótico lo esencial lo estructural lo circunstancial lo excelente lo torpe lo físico lo químico lo interior lo exterior lo pleno lo vacío lo miserable lo generoso lo contenido lo exuberante lo diarreico lo medido lo orgásmico lo reprimido lo manipulable lo íntegro lo deleznable lo inquietante lo confortable lo insignificante lo sustancial lo arbitrario lo riguroso lo banal lo profundo lo armónico lo desequilibrado el delirio la mesura lo pertinente lo oportunista lo corrupto lo honesto lo desconocido lo manido la soberbia el anonimato la ostentación la austeridad lo perverso lo simple el conjunto las partes conciencia frivolidad unicidad fragmentación ilusión hechos perdurable pasajero matices sentencias orden caos serenidad agitación guerra paz flexibilidad rigidez sintonía desencuentro tradición ruptura protagonismo discreción imprescindible insignificante crear copiar enamorar desagradar adormecer zarandear concentrar expandir irritar seducir señalar ocultar engañar revelar deslumbrar apestar aburrir interesar intrigar repetir serenar angustiar crear abundar enamorar detestar emocionar enojar cambiar conservar dormir despertar estimular anestesiar conocer ignorar absorber expeler mover aquietar reducir ampliar hibridar destilar violentar tranquilizar sugerir tapar investigar plagiar apabullar impulsar entusiasmar decepcionar adular incordiar silenciar presentar sobrar confortar inquietar contradicciones elecciones extremos medios pelos medias tintas medianías mediocridad maestría una de cal otra de arena coherencia decantado revuelto para uno para ti para unos para otros para nadie para nada para ser para la nada y mientras se sueña se planea se ilusiona se desengancha se lucha se resiste se claudica se levanta se cae el tiempo pasa nuestro mundo se agota. etc.

—Cuesta leerlo —comentó Ana cuando por fin J dio por buena la enésima versión.

—Más me ha costado escribirlo con este invento. Cada vez tengo menos fuerzas.

—Me lo imagino. Tienes razón.

—El arte... es implacablemente discriminatorio y excluyente. Al arte le importa poco la discapacidad física, pero no tolera la discapacidad estética. —Dejó la mirada perdida en dirección a la ventana, como si su mente hubiese echado a volar, y añadió—: Oye, estoy cansado, ¿me perdonas?

Y allí lo dejó Ana, con la respiración algo más agitada que de costumbre.

Tenía la sensación, mejor dicho, la certeza, de que su amigo inmóvil se iba deshaciendo día a día, como un edificio que ni la dinamita ni las excavadoras derruyen de golpe, sino que se va royendo lentamente desde el interior. Aquel deterioro era como una trituradora silenciosa, pertinaz y destructora, un millón de veces más demoledor que las cargas explosivas. Y más cruel por su lentitud.

35

Fuegos de artificio

La cocina olía de maravilla, a casa, a hogar o a algo parecido. Le divertía leer las discusiones sobre la tortilla de patatas en los foros entre *concebollistas* y *sincebollistas*. «Pues
claro que hay que poner cebolla —pensaba ella—, pierde
toda la gracia, si no». Dorada por fuera y jugosa por dentro.
Finalmente descartó añadir los espárragos y volvió a poner-
los en la nevera.

Eran casi las dos. Se sirvió una copa de vino y se acercó
a la ventana que daba al este, justo al lado de la de la cocina,
desde donde se veía mejor aquel edificio altísimo, una mole
abandonada porque durante la última crisis debió de que-
brar la empresa constructora o tal vez porque no pagaron lo
suficiente al corrupto concejal de urbanismo o vaya usted a
saber. El caso es que aquella mole solo servía para acoger
indigentes y hacer pintadas en sus cuatro fachadas plagadas
de ventanas sin marco ni persianas. Bocas y ojos ciegos de
un gigante hueco.

Sofía sintió un escalofrío, bebió otro sorbo de vino y, con
el móvil a mano, se preparó para ver y mirar. Eran las dos
en punto. Y lo que vio fue fascinante.

Empezaron a brotar fuegos de artificio desde el tejado

maltrecho de la enorme casa. El sonido podía oírse desde toda la ciudad. Bandadas enloquecidas de palomas y gorriones echaron a volar. Los cernícalos desaparecieron de su nido. Vio a otras gentes asomarse también a las ventanas porque no sabían qué ocurría, porque podrían ser tiros o una explosión de gas, o quién sabe qué la causa del estruendo. Y, acompasada con el ensordecedor ruido, se fue desplegando una pancarta que cubría la fachada entera. Una inmensa pancarta negra con unas letras en rojo.

¿DÓNDE ESTÁS?

Cesaron los fuegos, los petardos, el ruido y comenzó a sonar una música que se expandió por todas las calles. «Han tenido que poner unos altavoces gigantescos», pensó Sofía. Decibelios a mansalva y un sonido que resultaba algo perturbador, aunque hermoso. ¿Bach? ¿Beethoven? ¿Una versión distorsionada de ambos? Lo grabó todo con la cámara. Desde otras muchas ventanas estaban grabando el suceso porque nadie sabía qué era aquello y todos querían tener un testimonio.

Entonces sonó su móvil y casi se le cae al suelo. Era Pablo.

—¡¿Lo has visto, Sofía?!

—Claro, es impresionante, cariño... ¿Qué es? Se ha paralizado la ciudad.

—De eso se trataba. Pues es solo el principio de la campaña. ¡Solo el principio! A ver qué repercusión tiene lo del edificio fuera de aquí. Mañana habrá cartelería por todas partes, cuñas en radio y spots en todas las cadenas de televisión. ¡Como una invasión!

Pablo sonaba disparatadamente emocionado, casi gritaba como un niño al desenvolver el regalo de Reyes más maravilloso del mundo. Estaba borracho de alegría como hacía tiempo que Sofía no lo veía. Se alegró por él y lo felicitó. De fondo se oían más voces alegres, vivas, enhorabuenas y la explosión de alguna botella de cava al salir el tapón disparado hacia el techo. No entendió lo último que le dijo antes de cortar la llamada. Casi inmediatamente volvió a sonar el móvil. Era Julia.

—¡Oye! ¿Qué sabes de esto? ¿Es cosa de la agencia de tu maridito? Está media ciudad asomada a las ventanas. ¡Seguro que Pablo ha tenido mucho que ver!

—Y yo... Pues sí, es cosa de él, la campaña la ha ideado y planificado él.

—¿Y de qué va? Me mata la curiosidad.

—Pues estamos las dos igual, no sé yo más que tú. Lo llevan con un secretismo impresionante —confesó Sofía a su amiga.

—No me puedo creer que no te haya contado nada.

—Puedes creértelo, si casi no nos vemos. Lleva mucho tiempo dedicado en cuerpo y alma a este proyecto.

—Pues está funcionando, chica, lo están dando como noticia en el boletín de la radio, aunque hoy en día casi cualquier cosa se convierte en noticia. Bueno, sigo currando, que se me amontonan los papeles en la mesa. ¿Quedamos un día de estos y comemos juntas?

—Claro, cariño, cuando quieras. Te hice caso y ya estoy liberada del trabajo.

—¿En serio? ¿Te pillaste la excedencia?

—¡Sí! Y tengo que confesarte que me siento mucho más tranquila

—¡Qué bien! Me alegro mucho, tesoro. Pues ya me cuentas más cosas cuando nos veamos. Besos muchos.

Sofía fue al ordenador y, efectivamente, en los periódicos digitales ya estaban comentando lo de los fuegos artificiales, la pancarta, la música. Y en todas las portadas, absolutamente en todas, un gran recuadro negro y escrito en él, en letras rojas, ¿DÓNDE ESTÁS? Qué inquietante resultaba, a pesar de ser una sencilla pregunta.

Pablo era bueno, tenía ideas geniales, estaba claro, pero hasta ese momento no le habían dejado demostrarlo.

Abrió el blog por inercia, un poco distraída, porque seguía pensando en la campaña tan enorme y en lo orgullosa que estaba de su marido. Había respuesta a su contestación al anónimo o anónima en los comentarios.

Sofía había escrito:

> Parece que sabe usted mucho de aves, señor o señora anónimo. Le agradeceré que no me juzgue porque no me conoce de nada. Si quiere ver las fotos o leer los textos, estupendo, para eso están, pero puede ahorrarse los comentarios críticos o cínicos. Cuídese mucho usted también.

Anónimo contestó:

> Señora mía, no juzgo, solo veo y leo. Se puede conocer a las personas, sobre todo a las mujeres, mejor incluso de esta forma, observando qué y cómo escriben. Y, con su permiso o sin él, seguiré comentando lo que me plazca. Un saludo cordial.

«¡Será cabrón!». Estaba claro que era un hombre, un tipo chulo y obsesionado, «lo que me plazca», incluso un machista de manual. Por una fracción de segundo, una angustia se le atragantó. Era fácil rastrear a la gente con internet, y aquel tono prepotente le sonaba familiar, asquerosamente familiar. Un machista, un chulo, ¿un putero quizá? ¿Había reaparecido su ex para acosarla? No, no podía ser, desechó Sofía el pensamiento. Aquel tarugo no sabía ni cómo encender un ordenador, no sabía ni cómo amenazar de un modo tan sutil.

Tras el divorcio no hubo más contactos, ni una sola comunicación. Por otra parte, había sido fácil al poner ella muchos kilómetros de distancia entre ambos. «Señora mía», «Un saludo cordial». «¡Pero quién se cree que es!». Sofía se contuvo para no responder, sabía que era peor hacerle caso, prestarle atención. Se acabó. Ella seguiría con lo que tenía planeado: contar la historia de los cernícalos en SU blog y si quienquiera que fuera volvía a la carga, eliminaría los comentarios y listo. No tenía ganas de llevarse disgustos con algo que era bonito de ver y contar. Es más, por culpa de ese anónimo no había visto otros cuatro comentarios infinitamente amables.

«Una madre» decía:

Tengo niños pequeños y les gusta ver los cernícalos, incluso han hecho un trabajo en el cole con su historia. Por las noches no se quieren dormir sin ver antes las fotografías y los vídeos, les encanta como si fuera un cuento, una bonita historia, gracias por contarla.

Begoña decía:

Muchas gracias por el tiempo que empleas en contar esta historia. En casa estamos encantados con las fotos y el último vídeo es muy lindo. Un saludo desde el otro lado del mar.

Marián decía:

Nunca pensé que me entretendría tanto saber de unos pájaros. Estoy enferma y no salgo apenas de casa, esto me abre tu ventana. Muchísimas gracias.

«Un viejo campesino» decía:

Me he acordado de que, de niño, en el pueblo, casi los teníamos de mascota, son bichos listos y dóciles cuando quieren, a ver si hay suerte y crían, será muy bonito verlo. Gracias.

Leyó varias veces esos agradecimientos y le emocionaron, estaban cargados de humanidad y buenos sentimientos. Le daba mucha rabia que el anónimo desagradable ocupara más su atención que las palabras de esas personas normales tan amables. Decidido, al trol, ni caso.

Fue a la cocina a por un vaso de agua; el aroma a tortilla de patata seguía flotando en el aire, pero ella no tenía apetito.

Se acercó a mirar por la ventana, tuvo miedo de que los animalitos no hubieran regresado tras el ruido de los fuegos de artificio, pero sí, allí estaban, como si nada hubiera pasado. En la jardinera apenas había movimiento. La hembra seguía recostada en la tierra y el macho iba y venía porque algo tendría que comer la pobre chica, ahí tan quieta.

«Tú también tendrías que comer, Sofía —se dijo—, o te vas a quedar en el chasis, maja». Partió un pequeño triángulo de tortilla y tuvo que reconocer que le había quedado riquísima. Hizo un par de fotos a las aves. Con todo el zoom que permitía la cámara consiguió sacar un primer plano del plumaje. Qué perfección los dibujos que formaban todas las plumas en conjunto, y qué distintas las de él y las de ella. Eran una preciosidad. «Ojalá hayan venido para quedarse».

Sí, pensó, de un modo extraño, los cernícalos estaban dando sentido a aquella temporada de su vida, se habían convertido en una compañía sorprendente al otro lado de la ventana. Eran mucho más que un entretenimiento o una curiosidad, eran una esperanza.

Con la mirada todavía fija en el cristal llamó una vez más al carpintero, empezaba a ser desesperante ver las cajas, el desorden de la casa, pero el teléfono del hombre estaba «apagado o fuera de cobertura».

«Ahora las personas —pensó con cierta indignación— nos esfumamos del mundo cuando no tenemos el móvil activo, desaparecemos, estamos aislados, incomunicados». Sofía no creía depender mucho de la tecnología, pero si hubiese dejado de funcionar la cámara y no pudiese hacer fotos y vídeos a los cernícalos habría salido corriendo a comprarse otra.

Aprovechó para mirar los mensajes en su teléfono, le parecía extraño que Pablo no le hubiera vuelto a llamar ni le hubiese escrito, pero lo imaginó enloquecido atendiendo a mil frentes de esa misteriosa campaña tan interesante. Sí, estaba contenta por él y muy orgullosa.

Minutos después colgó en el blog las fotos de las plumas de los cernícalos y escribió:

> Qué primor la naturaleza, qué cuidado tan delicado
> en los detalles.

36

Tóxicos

El estruendo de lo que parecían explosiones hizo que Ana se asomase a la ventana. «¿Por qué demonios hay fuegos artificiales? ¿Será alguna fiesta y no me he enterado? No sé ni en qué día vivo», se dijo. Y música, ¿música clásica? Ya se enteraría después de qué estaba pasando, en ese momento su cabeza la ocupaba un único asunto.

Ana llevaba varios días preocupada por J, obsesionada por él, con él. Sí, definitivamente era eso, tenía miedo por él. «No eres su madre —se decía a menudo, y se contestaba—: pero eres su amiga, y eso implica una gran carga de responsabilidad». Y también, a días, tenía la sensación de que con el blog él había quedado expuesto, desnudo e inerme ante cualquiera que se propusiera hacerle daño. Más daño.

Para distraerse revisó las bolsitas de papel donde había guardado las cuatro bobadas que había comprado de recuerdo en su último viaje a miles de kilómetros de distancia: un llavero, un anillo que cambiaba de color según la previsión meteorológica y que seguramente tardaría poco en parecer oxidado y manchar el dedo. «Cardenillo», así llamaba su madre a ese cerco como de óxido que dejaban los objetos que no eran de metal bueno. Lo miró en el diccionario y claro que existía la palabra: «Materia verdosa o azulada, con propiedades tóxicas, que se forma en los objetos de cobre o sus aleaciones». Tóxico. Como el mercurio. Qué cantidad de cosas tóxicas nos amenazan sin que lo sepamos.

En los últimos tiempos, a psicólogos y especialistas en relaciones humanas en general les había dado por bautizar como personas tóxicas a quienes toda la vida habían sido simplemente mala gente. Hacían daño con su sola presencia o, incluso, en su ausencia, como los asquerosos que habían escrito comentarios en el blog de J. En qué cabeza cabe decirle a alguien, a un desconocido, a un ser humano doliente e inmóvil, cómo ha de vivir. Pues en una cabeza anormal, sin duda.

A veces se sentía rodeada de esa clase de personas. «Si careces de ideas, critica duramente las ajenas; si no tienes vida o no te gusta, cotillea las de otros; si eres un amargado, siembra amargura a tu alrededor, así, quizá, no te sientas tan solo chapoteando en tu propia miseria».

Ana estaba cansada de vivir rodeada de gente amargada, incluso reconocía que, en los últimos meses, ella misma lo veía todo más gris, quizá desde la muerte de su padre, quizá desde que se sentía sola... Pensó en lo bien que se había encontrado durante el viaje; por unos días se había reconciliado con su oficio, hasta consigo misma.

Hizo un esfuerzo por quedarse con esa sensación de paz, la misma que había trasladado a su amigo en la habitación invernadero... Ese lugar que en los últimos tiempos también había sido un refugio para ella, por eso le indignaban tanto aquellos comentarios anónimos, porque no quería que entrase nada malo en aquella habitación, nada tóxico.

Sonó el teléfono.

—Hola, espero no molestarte.

—No, no te preocupes.

—Es que, verás, han pedido de Madrid...

Ana odiaba la frase mágica «han pedido de Madrid».

—¿Qué quieren ahora? —cortó.

—Que si podemos...

«Será que si YO PUEDO, no sé para qué habla en plural», pensó. Esos preámbulos la enervaban.

—... hacer un montaje breve, de unos dos minutos, que resuma la serie.

Ana recordó a aquel enfadado escritor a quien entrevistó antaño y la frase lapidaria que le soltó tras su primera pregunta: «Si yo pudiera resumir mi libro en un minuto, señorita —le dijo—, no habría escrito trescientas ochenta páginas, no sé si me explico». Se explicó tan bien que jamás volvió a pedir nada semejante a ningún autor.

—¿Resumir la serie, en serio? —Ana ya estaba claramente indignada.

—Venga, venga, a ver esa capacidad de síntesis. —La periodista se imaginó a su jefe con una sonrisa tonta al otro lado del teléfono.

«Capacidad de síntesis, verás, te sintetizo a ti en una sola palabra: imbécil». De nuevo se mordió la lengua y cortó en seco la conversación.

—Hoy no voy a ir, estoy muy cansada y tengo días libres que he de coger antes de que me caduquen, así que a ver si pasado mañana puedo.

—Huy, la señora, qué aires, vale, les diré que no puedes. —Sonaba cabreado, pero a Ana le importaba un pimiento.

—No, diles que no PODEMOS. Hasta luego.

Colgó con la sensación de ya no poder más, con todo el agotamiento acumulado y con todas las cartas y las conversaciones de J removiendo un extraño sentimiento que aún no sabía traducir. El hombre inmóvil se había convertido en el eje de sus días. Esperaba el momento de ir a verlo como un fan aguarda el concierto de su ídolo, y, al mismo tiempo, cada visita era la comprobación de que J se había deslizado un paso más hacia una sima que adivinaba cercana y oscura. Cada carta, una suerte de testamento, cada vez más angustiada, más desesperada, más... terminal.

«El arte no tolera la discapacidad estética», le dijo en su última visita. «Antes de» J trabajaba cualquier materia, hierro, acero, madera, cartón, papel, la dureza brutal de los metales y la suavidad de lo que nace de un árbol y mantiene un cierto latido de ser vivo. Durante años había ensayado fórmulas para lograr que lo rígido fuera flexible, había conseguido hacer música con esas formas geométricas y les había añadido muelles, recovecos, oquedades. Una cualidad elástica, maleable y dulce entre el óxido. Lo leve vibraba de una forma mágica. Con sus esculturas como instrumentos habían hecho un concierto cierta vez. Percusión, vibración y silencio. Esculturas para el oído.

Después del accidente J necesitó de otras manos, las de sus cuidadoras, para llevar a la materia aquello que diseñaba en el ordenador con la cabeza plagada de ideas que luego tomaban cuerpo en cristal o papel. Diseñaba geometrías de laberintos, trampas efímeras, problemas que mueren cuando se encuentra la salida. Representaba la vida como un laberinto, como las cavernas de las profundidades o los árboles de un bosque, como todo aquello que había perdido J en un instante.

Ana reflexionaba sobre todo eso. «La vida, las vidas, no son una línea recta, desde el nacimiento hasta la muerte, hay muchas curvas sinuosas y sendas equivocadas que te obligan a retroceder y buscar de nuevo la salida del laberinto».

Algo así le pasaba cuando estaba con él en la habitación invernadero. Cuando recuperaba del pasado las historias ocurridas en entrevistas o rodajes, las cosas curiosas que le encantaban a J, y que ella sabía de antemano que le iban a hacer pasar un rato divertido.

Un día en que él estaba especialmente taciturno Ana sacó del baúl de los recuerdos una de sus primeras experiencias en eso del periodismo y, mientras se la narraba, sentada junto a la silla de ruedas del hombre inmóvil, se vio de nuevo joven, de nuevo ilusionada.

—¿Te he contado lo de aquella vez que le vi los huevos a Sean Connery?

J emitió una sonora carcajada, de las de casi ahogarse.

—Por favor, tanto tiempo y has sido incapaz de contarme algo así, eres de lo peor que conozco...

—¡Ja, ja, ja, ja, ja!

—Sí, claro, encima ríete... Dale, necesito saber más, o sea, ¡necesito saber todo!

—Es largo, eh.

—Pero eres periodista, deberías saber resumir, aunque ya sabes, me gustan los detalles.

—Si te parece poco detalle verle los huevos a Sean Connery yo ya no sé...

La carcajada de ambos resonó en aquella habitación cálida, abigarrada, confortable, presidida por el rumor permanente del respirador.

Le contó que aquello ocurrió cuando era muy jovencita, acababa de empezar a estudiar periodismo y hacía prácticas en un periódico local ya desaparecido. Fueron los divertidos y emocionantes tiempos en que entrevistaba a todos los actores y actrices que estrenaban en el único teatro de la ciudad. Se iba a rodar una superproducción. Una película histórica plagada de estrellas, de esas grandes estrellas que ganaban los Oscar y que nunca en la vida se lograba ver de cerca, igual por eso las llamaban «estrellas», andaban en otros universos alejados de la gente normal.

El caso es que no dejaban entrar a la prensa, había un secretismo enorme y a la joven pipiola Ana se le ocurrió apuntarse como aspirante a extra, a figurante, a formar parte de esos grupos informes de personas que ambientaban las escenas, como un decorado humano. Y la escogieron en un casting rápido, quizá porque era rubia y estaba delgada, nunca lo supo. A ella y a otros muchos los citaron en una enorme nave donde el equipo de producción almacenaba el vestuario y el atrezo, allí había de todo. Espadas, lanzas, escudos, ropa de soldado, de noble, andrajos para los que harían de mendigos, diademas doradas para quienes fuesen nobles. Parecía un reparto divino de la suerte y la desgracia. «Tú serás un pobre y tú, noble; tú criada y tú dama de la corte».

—¡Te eligieron de dama de la corte, no me digas más!

—Sí...

—¡Olé!

—Pero espera, hubo más.

—¡Claro, le viste los huevos a Sean Connery!

—Ja, ja, ja, ja. ¡Sí, pero faltan muchos detalles por contar! Escucha.

Y Ana le contó que le dieron un vestido entre amarillo y dorado con ricos bordados y añadieron a su melena unas largas trenzas y pusieron una diadema en su cabeza. También quisieron que se quitara el esmalte de las uñas y cualquier cosa que resultara fuera de época, como un reloj de pulsera. Aquello era un rodaje a lo grande, desde luego.

—A todos los extras nos llevaron en un autobús hasta el

viejo palacio donde se rodaría la escena para la que habíamos sido seleccionados. Pero faltaba un último filtro. Unos pocos tendrían papel, serían algo más que bultos en esos minutos de película, una gota de protagonismo en la constelación de las grandes estrellas.

»Un hombre rubio, un poco calvo y muy sonriente pasó revista a la media docena de jóvenes que lo miraban todo con asombro y muchos nervios. "Tú —me dijo—, ¿sabes bailar?". Lo dijo en inglés pero otro hombre traducía. Y yo, con ese valor loco de la juventud dije que sí, que claro que sabía. Entonces sonó una música antigua y el primer hombre me tomó de la mano y la alzó para que bailara con él siguiendo el ritmo. Y lo hice, aunque me temblaba todo, hasta las trenzas postizas. Me miró muy serio y solo dijo: "Ok, tú bailarás con el rey".

—¡Es la leche! —J estaba encantado con la historia.

—Uf, aún me acuerdo de los nervios que pasé.

—El rey —la interrumpió con los ojos brillantes de curiosidad—, ¿era Sean Connery?

—No, el rey era Richard Harris, nada menos. Y el señor amable rubio y un poco calvo era Richard Lester, el director de la película.

—¿El que hizo las pelis de los Beatles?

—El mismo.

—Madre mía, qué momentazo.

—Sí, y eso que no he llegado a lo de los huevos... Ja, ja, ja, ja.

—Dale, por Dios, que esto es increíble.

—La escena —continuó Ana— narraba los momentos finales del rey Ricardo Corazón de León. Había sufrido una herida en el cuello y bebía vino sin cesar, primero en copa, luego con un cubo de madera, dejando que el líquido se derramara por su ropaje. Ella era una dama de la corte, su papel consistía en esperar en un rincón hasta que el impresionante rey herido se le acercaba, la tomaba de la mano y bailaba haciéndola girar a su alrededor. Ese baile duraba segundos y luego él la soltaba porque entraba en escena Robin Hood.

—Robin Hood, pero ¿qué me estás contando?

—La película era *Robin y Marian*, una preciosidad que narraba el reencuentro de los dos amantes; ella se había metido monja. Bueno, no te he dicho quién era ella, nada menos que Audrey Hepburn.

—Para desmayarse...

—De verdad que sí.

—Ahora..., lo de los huevos me sigue sin encajar...

—¡Ja, ja, ja, ja, ja! Va. Cuando entró en el salón de palacio, Sean Connery se dirigió a donde estaba el rey (ya bastante borracho) y se arrodilló ante él. Iba vestido con una especie de faldita corta y al echar una rodilla a tierra pararon la escena porque llevaba un vaquero debajo, muy recortado pero, aun así, asomaba y, claro, no era de la época. Total, que el tío sin decir ni pío sonrió, se lo quitó y no llevaba nada debajo y, eso, todos los figurantes y todo el equipo le vimos los huevos, como si fuese lo más normal del mundo. Desde luego a él le daba lo mismo y Harris estaba borracho en la realidad, no solo en el papel de Corazón de León.

—Fantástico.

—Bueno, estuvimos desde las seis de la mañana hasta bien entrada la tarde para rodar un momento muy breve de la película. En el exterior habían puesto unos focos para que la luz siempre fuera la misma; un despliegue tremendo. Y en el descanso, a la hora del almuerzo estuve sentada enfrente de la Hepburn, comiendo paella... De haber sido ahora, anda que no habría hecho mil fotos para tener un recuerdo.

—Pero ¿sales en la película o cortaron la escena?

—No, no, claro que salgo. Bailando con el rey, con mis trenzas falsas moviéndose al ritmo de la música. El director me dio las gracias y hasta me pagaron algo más que a los demás, porque yo tenía un papel.

—Qué maravilla. ¿Y publicaste el reportaje?

—Claro. Se titulaba «Silencio, se rueda».

—Había una serie que se llamaba así.

—Sí, de Adolfo Marsillach. No te quejarás de la «cebolletada» de hoy, ¿eh? Ha sido bien jugosa y, de paso, me ha hecho recordar aquellos tiempos, cuánta ilusión y cuántas emociones.

—No sabes lo bien que me lo paso contigo. Hasta me olvido de todo lo demás. Y «lo demás» es mucho como para olvidarlo. —Todo rastro de sonrisa se borró de los ojos de J—. Sigo con la infección, no hay antibiótico que me la quite. Malditos bichos, me invaden. Si en el próximo análisis siguen saliendo significará que ya han entrado en una cronicidad que marcará el comienzo de la fase terminal.

Ana tembló un poco cuando escuchó a J decir «terminal». Se le veía tan inerme en aquella silla, tan falto de fuerzas, tan rendido. En el correo electrónico que tanto la había angustiado lo había dejado muy claro: «Estoy valorando si mandaros a unos pocos un mensaje un poco desesperado, sin presión ni compromiso...».

—Has publicado algo más en el blog, ya lo he leído. —Cambió de tercio Ana por ver si J se animaba o salía del bucle de tristeza, pero no lo consiguió.

—Sí, ni te lo consulté. Y es que estoy pensando que si salen cosas con faltas me da igual, así se verá cómo voy declinando día a día. De todos modos, tengo algo muy largo todavía en borrador, ¿vendrás otro día y me lo transcribes, por favor?

—Vendré mañana.

—Oye...

Ana aguardó para saber qué iba a decirle el hombre inmóvil. Hubo un silencio en la habitación invernadero. Y ella lo rompió.

—Dime.

—No vienes por pena, ¿verdad, Ana?

37

Esperanza

El diablo vive en los detalles.

La respuesta en el blog fue casi instantánea, no habían pasado treinta segundos entre que ella diera al botón de publicar y el anónimo mentara al diablo. Un escalofrío recorrió la espalda de Sofía. Se sintió espiada e instintivamente miró por la ventana por si el peligro estaba ahí fuera, un vecino de otro edificio, alguien que pudiera ver cuando ella se acercaba al ordenador.

Tener vistas también supone que te vean. En el antiguo y diminuto piso del paredón inmenso no había ese riesgo, nadie veía a nadie. Nadie veía nada. Inquieta y sintiéndose vigilada, estuvo a punto de bloquear los comentarios pero antes de que lo hiciera llegó un mensaje al móvil.

Cariño, a las 15 pon el telediario. Te va a encantar.
Muchos besos.

Era de Pablo, pero, por un momento, ella, completamente obsesionada por el «anónimo», creyó que esas frases también las había escrito él.

Se sentía amenazada, desde el primer momento no le había dado buena espina, pero aquella inquietud inicial se estaba convirtiendo en angustia. «No puede ser —se dijo mentalmente—, no puede ser que me condicione así ni que me haga pasar miedo a mi edad. Soy gilipollas, tengo derecho a sentirme libre como los cernícalos». Fue a la cocina, dejó la web abierta hasta decidir si lo bloqueaba todo, si lo borraba entero o si...

Desde la puerta no vio los cernícalos en la ventana. Quizá la hembra estaba tan agachada que no asomaba ni la cabeza, se acercó con muchísimo cuidado y... ¡Ahí estaba la razón por la que estuvo inmóvil y piando! ¡Un huevo! Un huevo de tonos tostados, casi confundido con la tierra, primorosamente colocado en el hoyo.

A Sofía le temblaban las manos cuando hizo fotos desde todos los ángulos posibles antes de que volviera la pareja. Qué emoción, sí que iban a criar, la jardinera ya era un nido, una promesa, un futuro. No quería molestar a Pablo con eso, ya se lo contaría cuando regresara a casa, pero necesitaba compartir con alguien la buena noticia, así que se sentó al ordenador, volcó las fotos y escribió:

Como un milagro, los cernícalos ya han empezado a poner. ¡Hay un huevo en la jardinera! El primero. Según dicen los libros, pueden llegar a poner hasta seis. Toca esperar, pero cuánta emoción.

Lo publicó. La inmensa alegría que sentía había hecho que se olvidara del anónimo, pero, tras apretar el *enter* y ver la entrada publicada, volvió su sombra; no quería que aquel ser irrespetuoso y provocador le chafase la alegría. Así que prefirió alejarse del ordenador y, para distraerse de sus temores, encendió la tele de la cocina con el sonido muy bajito para no molestar a los cernícalos.

La hembra llegó enseguida, movió el huevo con el pico con infinito cuidado y luego se posó encima de él ahuecando las plumas. «Va a empollar... ¡Qué bien!».

Al oír el sonido inconfundible de la cabecera del telediario se volvió para ver la tele y dejó la vida de las aves en suspenso.

Arrancaron las noticias habituales. Los problemas económicos derivados de la crisis, la dificultad del Gobierno para pactar los presupuestos, el enésimo bombardeo en Siria, el fichaje millonario de un futbolista. Habían pasado unos treinta minutos de noticias que no le afectaban, o que no le interesaban demasiado, que sonaban a repetición día tras día, y entonces apareció la presentadora con el cartel enorme a su espalda: ¿DÓNDE ESTÁS? El eslogan de Pablo brillaba.

«Lo que parece una campaña de publicidad de algún producto o servicio aún no revelado ha inundado las calles de las principales ciudades del mundo».

Se mostraban imágenes de París, Buenos Aires, Seúl o Londres, todas con la gran pancarta colgando de edificios altos, cada una en el idioma del país.

«A horas similares, acompañados de música y fuegos artificiales, carteles como estos que ven han sido desplegados en diferentes lugares. Sobre fondo negro, letras rojas con la pregunta: "¿Dónde estás?". Consultadas diversas fuentes, tanto de agencias de publicidad como de organismos oficiales, nadie ha podido aclarar a este telediario quién promueve la campaña y a qué fin está dirigida. Un momento... Me dicen que hay una novedad de última hora. Parece ser que los carteles siguen instalados pero ahora la frase que aparece en ellos es otra. En cuanto dispongamos de más datos se los comunicaremos».

Sofía miró al este y allí estaba, en el mismo edificio que la vez anterior, la gigantesca pancarta en la que en ese momento se leía:

¿ADÓNDE MIRAS?

Era alucinante. ¿Cómo habían cambiado las palabras? ¿Cuándo? Que ella recordase la última vez que había mirado seguía poniendo «¿DÓNDE ESTÁS?». Sofía estaba muy intrigada y también emocionada por lo que había logrado su marido. Tenía que hablar con Pablo para que le contara de qué iba todo aquello, por muy confidencial que fuese, ella necesitaba saber, al menos saber un poco más que los demás. Le picaba mucho la curiosidad, sobre todo porque hasta el telediario ignoraba de qué iba aquella historia...

Sofía volvió a mirar el alto edificio y contestó mentalmente a la pregunta de la pancarta: «Miro mi ventana de la cocina, miro emocionada porque una pareja de cernícalos parece que la ha elegido para anidar y tener pollitos, y eso me alegra infinitamente. Eso es lo que miro y lo que espero seguir mirando muchos días».

En ese momento llamó Pablo.

—¡Hola, cariño! ¿Lo has visto?

—Claro, estoy alucinada... Desde luego que era importante, Pablo, una campaña mundial de verdad. Pero hay algo que no entiendo...

—Dime.

—Llevo todo el día mirando por la ventana y la frase ha cambiado en un abrir y cerrar de ojos. Es flipante...

—¡De eso se trata, de que sea flipante! Ya te contaré los detalles, no te preocupes. El problema es que esto es aún más grande de lo que pensábamos al diseñarlo y hay que tomar decisiones muy deprisa para que no se desinfle el efecto sorpresa tan contundente que hemos conseguido. Lo llamamos «crear expectativa», ya sabes.

—¿Y eso se traduce en que te voy a ver poco?

—La verdad es que sí. Vienen días de mucho follón. Probablemente tenga que hacer un viaje, o quizá más. Ya te iré diciendo. Siento dejarte sola con la casa por organizar, pero cuando esto termine, si todo sale bien, lo mismo nos podemos mudar a un casoplón...

—No sé si querré, la verdad —musitó Sofía—. Un beso y enhorabuena, Pablo.

—Te quiero. Mil besos.

Sofía pensó que no había casa en el mundo más bonita que aquella, la que los cernícalos habían elegido entre miles para anidar. Cómo alejarse de algo así. Buscó en internet más cosas sobre la vida de estas rapaces y supo que después del primer huevo pasaban varios días hasta que la puesta estuviera completa. Y luego aún había que aguardar un mes para ver a los pollitos romper el cascarón. Madre mía, qué semanas más emocionantes tenía por delante. Eso sí que era crear expectativas. Estaba aprendiendo deprisa sobre un tema que nunca le había interesado especialmente.

Su contacto con las aves se remontaba a la infancia, a la experiencia de acompañar a su padre, a quien le gustaba la caza. Era un cazador respetuoso que se indignaba cuando otros no cumplían la ley y disparaban a todo lo que se movía, sin cuidado alguno.

Un día de primavera, recordó Sofía, su padre volvió a casa con la escopeta colgada del hombro, el zurrón vacío y un pollito al que daba calor entre las manos. Era una perdiz diminuta, huérfana porque algún desalmado había matado a sus padres en plena época de cría. «¿La cuidarás?», le preguntó. Y la niña cogió aquella bolita de plumas con infinito cuidado, le hizo un nido con algodón y pañuelos de tela y se afanó en que comiera una especie de papilla que su padre preparó en la cocina. Seguramente estaría hecha de gusanos y otros bichos, no lo recordaba, pero fue hermoso ver cómo aquella pequeña ave salía adelante y crecía y se le ponían plumas de mayor y hacía aquel sonido característico, un «ca ca ca lá», la jácara, que nunca olvidó después. La llamaron Rufa, por el nombre en latín de su especie: *Alectoris rufa*. La perdiz se aclimató a la casa y seguía a la niña por el pasillo o, de un corto vuelo, se acomodaba en su regazo cuando ella se sentaba a leer.

No recordaba qué pasó después con aquella mascota tan extraordinaria. Seguramente murió y se lo ocultaron. Sus padres le dirían que había volado en busca de sus hermanas perdices y ella, crédula, debió de pensar que así sería.

Ojalá alguien le hubiera mentido, tras la muerte de ambos en aquel horrible accidente, una mentira hermosa para apaciguar el dolor: «Han volado, han alzado el vuelo juntos».

Abandonó los recuerdos e intentó de nuevo que el carpintero atendiese al teléfono, esta vez logró dejar un mensaje en su buzón de voz:

Hola, soy Sofía, ya no podemos esperar más a que venga a vestir los armarios, por favor, llámeme y dígame algo. Gracias.

Volvió al ordenador y le pudo la curiosidad de saber si había comentarios en el blog, y los había, todos eran de alegría por el feliz acontecimiento. «¡A la porra el anónimo!», se dijo.

¡Qué ilusión, tendremos pollitos! Muchas gracias por contar esta historia.

¿Cuándo nacerán? ¡Qué nervios!

Sofía contestó enlazando una web de ornitología para que quien quisiera más información la pudiera encontrar y apagó el ordenador.

Se sentía quizá algo culpable, porque en el fondo le ilusionaba más la perspectiva de ver cernícalos pequeños que la enorme campaña de publicidad que Pablo lideraba. «El diablo vive en los detalles», había escrito el anónimo en su blog, y en realidad no le faltaba razón. Lo pequeño puede ser tremendamente gigantesco, y lo desmedido, desinflarse hasta desaparecer.

Pasó la tarde entre recuerdos e intentos de poner orden en la biblioteca. La estantería se había quedado pequeña hacía tiempo, así que los tomos se acumulaban en doble y triple fila con un orden nada profesional. «Si me vieran las colegas bibliotecarias les daba un síncope», dijo para sí Sofía sonriendo.

Al día siguiente había quedado con Julia para comer, pero antes, como, por primera vez en muchos años, todo el tiempo era suyo, fue a la peluquería. La calle bullía de vida y los escaparates brillaban con la ropa de la nueva temporada de primavera-verano. Tras el largo y sombrío invierno llegaba siempre el renacer. Casi siempre.

—¡Hola, Sofía, guapa! ¿Qué va a ser? ¿Lavar y peinar o te corto un poco las puntas?

Ese «un poco» de los peluqueros siempre le parecía demasiado. Era relajante la peluquería, algo así como un refugio, un consultorio, un confesionario, un taller de almas heridas. Hacía más de un mes que no iba. La última vez, no podría olvidarlo nunca, el día había amanecido plomizo, amenazaba lluvia o nieve quizá. Estaba sola en el local, un tanto tristona, y charlaba con Miguel mientras este le lavaba la cabeza. Hablaban de los días grises, de que el negocio con ese tiempo tan revuelto no iba nada bien, de un dolor en la espalda, del peinado que llevaba la «influyente» de moda. Charlaban mientras el peluquero le daba un suave masaje con una crema que olía de maravilla.

—Te aclaro y vamos al sillón.

—Genial —dijo ella.

Y cuando estaba acomodándose frente al espejo, con la toalla enrollada como un turbante en la cabeza, entró una mujer.

Tendría unos treinta años, no más de cuarenta. Iba muy abrigada, incluso demasiado, aunque el día era bastante helador. Tenía la cara muy pálida, la piel casi transparente. Había algo extraño en ella, pero Sofía no sabía qué era.

—Perdóname un momento —le dijo Miguel—, voy a atender a Belén.

Le dio dos besos a la recién llegada y le preguntó qué tal estaba.

—Ya sabes, unos días mejor, y otros, peor —contestó ella, con un hilo de voz. Y enseguida añadió—: ¿Ya la tienes?

—Claro —dijo Miguel—, creo que te va a gustar, es casi igual que el tuyo. —Y de la parte de atrás del mostrador sacó una peluca.

La mujer se sentó en otra butaca, se despojó del gorro de lana y su cráneo desnudo quedó a la vista. Las cejas dibujadas era lo que le había resultado extraño a Sofía y en aquel momento se le encogió el corazón. Reflejado en el espejo, vio cómo Miguel encajaba la peluca lisa, de color castaño, en aquella cabeza desnuda y la mujer sonrió.

Miguel le preguntó si le parecía bien y ella dijo que claro, menuda diferencia.

—Ya parezco un poco yo, bueno, la que yo era antes. Muchas gracias, Miguel.

El peluquero le dijo que se alegraba y que ya se lo pagaría cuando quisiera, la ayudó a ponerse el abrigo y se despidieron.

La mujer salió de nuevo a la intemperie siendo un poco más ella, la ella de antes.

Sofía estaba a punto de llorar. Miguel le quitó la toalla, desenredó la melena y dijo con dulzura:

—La vida, Sofía, que es muy cabrona.

Luego, mientras le recortaba las puntas poquito a poco, le explicó que aquella chica se había beneficiado de los servicios de una ONG de la que formaban parte unas pocas peluquerías: algunas de sus clientas se dejaban crecer el pelo y lo donaban para esas mujeres a quienes la quimioterapia había despojado de él. Un pequeño taller confeccionaba las pelucas de cabello natural; así, al menos, podían paliarse los daños estéticos, que también eran psicológicos, en muchas enfermas de cáncer.

«Y ahora, quéjate de algo —se dijo Sofía—. Idiota, que eres una idiota». Y pensó en Violeta, la amiga del colegio que también había sido víctima del implacable cáncer, de lo que supuso que desapareciera de su vida dejando un vacío inmenso.

Junto con Julia eran uña y carne, inseparables, muchos pensaban que eran hermanas. Todo se lo contaban, todo se lo confiaban entre las tres. Hasta aquel fatal momento, Sofía estaba convencida de que las niñas enfermaban pero se curaban. El médico recetaba jarabe o inyecciones y ya estaba, la enfermedad se marchaba por donde había venido. Había varicela o paperas o bronquitis, eso era todo, las niñas se curaban porque tenían que hacerse mayores, así eran las cosas para Sofía... hasta que dejaron de serlo. Ocurrió el día en que su madre, con los ojos llorosos, le dijo: «Cariño, ven, siéntate aquí conmigo, tengo que contarte algo» y aprendió la palabra «leucemia». Y aprendió que la vida se compone también de desgracias, de infortunios, de imprevistos imprevisibles, un azar malvado del que no se libra nadie. Y aprendió que los niños no siempre se curan y que se van al cielo porque son como angelitos. Y ese día, el día en que descubrió que la muerte nos alcanza a todos y que había pequeños ataúdes blancos, Sofía empezó a hacerse mayor.

La voz de Miguel la sacó del recuerdo.

—¿Qué hago entonces, solo lavar y peinar o te corto las puntas?

—Estaba pensando dejarme crecer la melena, ¿cómo lo ves?

—Estupendamente, preciosa, te voy a dar un masaje con un producto nuevo, verás qué bien.

—Miguel...

—Dime.

—Me estaba acordando de aquella chica de la última vez que vine, la de... la peluca.

Miguel extendió las manos en un gesto de impotencia que contestaba a la pregunta que se quedó sin formular y solo dijo:

—La vida, Sofía, que es muy cabrona.

38

Abuelos y robots

—No vienes por pena, ¿verdad, Ana?

Y Ana hizo lo que dicen que se hace cuando no se tiene respuesta: contestar con otra pregunta.

—¿Por qué me dices eso?

—Porque sé que doy pena. —J miraba hacia la alta ventana de la habitación del ordenador.

—Pues no, no das pena. Lo que te pasó fue terrible y conmueve y hasta te llevan los demonios pensando en ese accidente absurdo, pero la pena es otra cosa.

—El pobrecito paralítico, ya ves. Y pobre, dentro de nada, en todo el sentido de la expresión, sin un céntimo. —Sonó como si fuera un chiste, pero un chiste amargo.

—Eso está por ver, hay formas de echarte una ma... —J interrumpió a Ana y elevó el tono de voz.

—¡NO! Nada de caridad, ni de exprimir a las amistades, solo faltaba eso. Ni hablar.

—Los amigos...

—Los amigos bastante hacéis. Oye, una cosa —cambió de tema rápidamente, Ana se dio cuenta enseguida del quiebro en la conversación—, ¿es posible que consigan relacionar las llamadas con el lugar desde donde se han hecho? En presente y en pasado.

—Pues imagino que sí, pero puedo consultarlo a alguien de la compañía telefónica. ¿Por qué? ¿Qué te preocupa?

—Nada, de momento, nada. —Volvió a salirse por la tangente—: Ayer vi un reportaje en televisión sobre tecnología nipona, unos ancianos se enternecían cuando su peluche robot los saludaba y sonreían, lo abrazaban, lo acariciaban y lo besaban.

—Tecnología para mejorar la vida.

—Eso solo sirve si ya se te ha ido la pinza del todo, esos abuelos confunden un robot con algo real.

—Bueno, si les consuela, ¿qué más da?

—Son viejos y están solos, los abraza y les sonríe una máquina, es penoso. Por cierto, no sé si te lo escribí en alguna carta. Un artículo sobre eutanasia, uno de tantos que he leído, decía que cuando tenemos el control sobre nuestro final, sobreviene una paz tan completa que, en algunos casos, se llega a la muerte natural sin recurrir a ningún atajo.

No habían vuelto a hablar con tanta claridad sobre ello desde casi los primeros días, cuando la carta que mandó al periódico dio motivos a Ana para presentarse en su casa y hacerle una entrevista. Porque de eso iba aquella carta.

Pero médicos y legisladores han de aceptar que la capacidad de una voluntad libre, consciente y respetuosa socialmente de cada uno de nosotros a disponer sobre nuestra propia muerte ha de llegar a ser un derecho tan fundamental como el derecho a vivir nuestra propia vida.

Aquella no fue la única carta que J envió al periódico. Antes y después de conocer a Ana escribir al director se había convertido en una costumbre que ejercitaba cada poco tiempo. Obligado a resumir en muy pocas líneas tantas y tantas ideas, al igual que ocurría con algunos textos del blog, le enviaba los borradores a la periodista para que se los corrigiera. Pocos días antes de aquella conversación escribió a Ana un email con el asunto «Corrige, corrige... —y añadía—: que me entran los nervios».

Cada día había más urgencia en la vida de J, en aquella cuenta atrás que todos debían de haber observado pero algunos se negaban a ver. No es fácil asumir algunas cosas y, menos todavía, asumir la muerte, la propia y la ajena.

Ana se enfrentaba a la corrección de aquellos textos como quien llevaba a cabo una misión vital. Cada vez más tenía la sensación de que todo aquello que el hombre inmóvil dejaba por escrito era un mensaje para el futuro, el tiempo por venir que él ya no vería. Sus textos estaban argumentados, cargados de datos y de razones.

Es lamentable que se diga que en Holanda se cometen hasta 1.000 abusos anuales, queriendo crear una animadversión infundada contra la legislación de la eutanasia. Me parece muy bien que se defiendan unos cuidados paliativos de calidad, en eso estamos todos de acuerdo, pero que, por favor, no se atribuyan unas competencias éticas y prácticas que no les corresponden y dejen que el debate sobre la eutanasia discurra plenamente sin restricciones innecesarias.

Cuando Ana, sentada ante el ordenador de su apartamento, leyó ese texto comprendió con total claridad hacia dónde se encaminaba J.

Personalmente para mí, no es motivo de escándalo, ni alarma, ni consideraría un abuso que, llegando a terminal e inconsciente sin más futuro que una lenta degradación biológica, en vez de una potente sedación que simplemente me quite el gesto de dolor (que según en qué caso ni siquiera sienta) se me inyecte una solución letal.

Cada vez más, las cartas de J para Ana subían de intensidad, eran más estremecedoras, breves, como telegramas que siempre traían malas noticias, o contenían autocríticas crueles acompañadas de un agradecimiento que la periodista no creía merecer. Así ocurría en otro de sus correos:

> Recién llegado al ordenador y antes de hacer nada más, admiro tu humanidad y la comprensión que tienes de una conducta tan despiadada como la mía.

«Conducta despiadada», pensó Ana. Cómo no ser cruel, cómo no querer vengarse del universo entero, revolverse contra la inmovilidad, la dependencia total, los días y las noches haciéndose eternos. Pero la amargura brotaba a cuentagotas, no a borbotones. No obstante, de alguna forma, lo descarnado se volvía algo más amable cuando la periodista acudía a la casa del hombre inmóvil y conversaban.

—Vivo en una jaula de oro —dijo J mirando de nuevo la alta ventana de la habitación invernadero.

—Pero jaula...

—Sí. Son más libres los gorriones que se posan de vez en cuando en la barandilla. Echan a volar y van adonde les da la gana. Por cierto, hablando de volar, he estado mirando a fondo ese blog tan curioso de la chica que tiene un nido en la ventana de su casa.

—Los cernícalos.

—Sí. ¡Ya hay un huevo en el nido! Me gustaba tanto verlos cuando iba al campo, son una maravilla en el aire. Juegan con el viento como nadie y les da igual si hay una tormenta brutal o sopla el vendaval, se ciernen y buscan las presas despistadas en tierra. Qué poderío. Un año una pareja se empeñó en anidar bajo el tejado de la casa del pueblo, encontraron un hueco diminuto entre las maderas y allí tuvieron, creo, cuatro pollitos. Qué gozada.

Abandonaron por un momento la buena muerte, la jaula dorada, las infecciones, el dolor y la soledad para admirar las plumas grises y marrones, los gestos cuidadosos de colocar el huevo y girarlo. Un soplo de vida en otra ventana. J sonreía viendo las aves moviéndose en los vídeos que aquella chica había colgado en el blog, observando al macho tomar asiento en el nido mientras la hembra devoraba un topillo o un ratón.

Era un nuevo entretenimiento para el hombre inmóvil. Había muchas ventanas posibles. ¡Había tantas ventanas a las que asomarse sin vértigo!

—Por cierto, ¿no oíste el otro día fuegos artificiales? —le preguntó Ana.

No, no los había oído. En aquella calle recoleta se escuchaba el piar de las aves, las campanas de las iglesias, el redoble de tambores en Semana Santa, pero no había llegado el estruendo de los fuegos de artificio.

39

Libros viajeros

El restaurante estaba en uno de los barrios nuevos por donde la ciudad iba derramándose hacia todos los puntos cardinales. Eran edificios de cuatro alturas, rodeados de árboles aún menudos en los alcorques y habitados por mucha gente joven que solo podía permitirse una hipoteca en las zonas alejadas del centro. Urbanizaciones con columpios y toboganes sobre el suelo preparado para que los niños no se hicieran daño al caer. Papeleras por estrenar y contenedores para reciclar la basura. Pequeños parques que ayudaban a que el ladrillo respirara. Al menos parecía que el concejal de urbanismo de turno se había dejado aconsejar por expertos y optado por hacer lo que llaman una «ciudad amable». En las paradas de autobús, en todas ellas, carteles negros con letras rojas preguntaban: «¿ADÓNDE MIRAS?». La campaña de Pablo estaba por todas partes probablemente cumpliendo su cometido de crear expectativas.

—¡Es alucinante, Sofía! ¡Y no me puedo creer que Pablo no te haya filtrado nada! —Julia estaba excitadísima, eso fue lo primero que le dijo al verla.

—Ni media palabra y, además, es que no le veo el pelo, esto lo tiene por completo absorbido y parece que va a durar un tiempo, aún tardarán en desvelar de qué va.

—¿Y no te ha dado ni una pista?

—Por lo visto hay una gran compañía coreana detrás, es lo único que sé.

—Pues vaya, habrá que tener paciencia, no queda otra.

—Pero no te he contado otra novedad. La cernícala ha puesto su primer huevo en la jardinera y ni te imaginas la ilusión que me ha hecho.

—Anda, ¡qué bien! Seguro que has hecho muchas más fotos.

—Claro, un montón. Y la gente que lee lo que escribo está siendo en general muy amable, la historia gusta. Aunque ayer me dio un poco de bajón porque fui a la peluquería.

Sofía necesitaba contárselo a su amiga.

—Pues no veo por qué, te lo han dejado estupendo, chica.

—Ya, ya, no es eso, es que he recordado a una mujer que vi allí hace un mes, fue a por una peluca y hoy me ha dicho Miguel que, bueno, que ya no está... No me lo ha dicho así de claro, simplemente lo ha dado a entender y me ha dado mucha tristeza. Y me ha recordado a... ya sabes.

—Sí, a la pobre Violeta, puto cáncer, nena...

—Ya te digo.

—Venga, va, un vinito que nos vendrá muy bien y a ver qué pedimos.

Dos amigas añorando a la amiga que se fue, la que el puñetero cáncer se llevó. Brindaron en su memoria. En silencio, Sofía alzó la copa también por los padres, por el tiempo en que fue feliz hasta que la tozuda realidad apareció en escena. Un brindis por las desgracias, la soledad y los tiempos malos, para conjurarlos, para que no se repitieran, para que las cosas malas y las malas personas no invadieran la vida.

En las últimas semanas, Sofía había sentido de nuevo que su vida era frágil, como el cascarón de un huevo, pero mientras brindaba con su amiga le vino a la mente la imagen de la madre cernícala empollando. La ternura y la esperanza la aguardaban en la ventana de su cocina.

Nunca fallaba, aquel pequeño restaurante. Disponía de productos de calidad, «cocina de mercado» lo llamaban. Y así era. Tenían alcachofas y guisantes y espárragos. Pescado fresco y gambas expuestas en una vitrina entre hielo que decían «cómeme». Ninguna de las dos era de mucho comer pero compartieron tres platos y un postre. Chocolate, siempre chocolate.

—Dicen que es el sustituto del sexo.

—¡Qué boba eres, Julia!

Andaba la primavera brotando por todas partes. Los vecinos de aquellas casas tan nuevas habían puesto flores en las ventanas, el cielo era azul y diminutos aviones lo surcaban haciendo mucho ruido. Las amigas tomaron café en una terraza y continuaron charlando.

—¿Y qué tal vas con lo de no trabajar? —le preguntó Julia—. Yo no veo el momento de jubilarme, chica.

—Pues anda que no nos quedan años todavía, así que mejor no pensar en ello. Pero sí, la verdad es que tener el día para mí me produce una sensación extraña. Por cierto, hablando de cosas extrañas..., aunque estoy muy contenta con el blog y con las reacciones de los lectores, no te he contado que el anónimo que pone comentarios desagradables es persistente.

—Vaya pesado, se ve que tiene mucho tiempo libre. ¿Y qué ha escrito?

—Pues mira, por ejemplo, la última frase: «El diablo vive en los detalles».

—Y con el rabo espanta moscas, no te jode. Menudo anormal, seguro que es un tío.

—Seguro, sí, tiene toda la pinta. Fíjate..., dirás que soy idiota, he llegado a pensar si sería mi ex.

—Eso es imposible y lo sabes. Ni caso, nena, ni caso —le dijo Julia, tranquilizadora—. Tú a lo tuyo, a contar lo de los pajaritos, a disfrutar de tu tiempo y a ver cómo triunfa tu marido, que eso es para nota. Hasta en el trabajo andamos todo el día a vueltas con esos anuncios, todo el mundo está muy intrigado, me imagino que eso pretendían cuando diseñaron la campaña.

—Sí, lo llaman «crear expectativas».

A Sofía le molestó un poco que su amiga estuviera más interesada en la campaña publicitaria que en su agobio por el anónimo, pero Julia insistió:

—Pues más vale que lo que quieran vender no sea un bluf. No sería la primera vez.

—Ya te he contado que hay una empresa coreana muy grande detrás, es raro que sea un bluf.

—Hum..., es verdad, coreanos, eso suena a algo de tecnología. Igual un nuevo móvil.

—Puede ser, me imagino que el misterio se desvelará pronto. De momento, a ver si Pablo viene al menos a dormir a casa hoy. Si me cuenta algo te lo digo.

—¡Bien, información privilegiada en exclusiva! —dijo Julia entusiasmada.

Se despidieron con un abrazo.

Julia también había aprobado oposiciones en su momento, pero no en una biblioteca. Trabajaba en las oficinas de la Seguridad Social, en un inmenso edificio, lleno de cubículos y mamparas, donde otros como ella intentaban echar una mano a quienes habían perdido el trabajo, estaban muy enfermos o no sabían qué hacer para pedir ayudas. Problemas y más problemas. Burocracia y más burocracia. Meses de espera para un papel, para una prestación social, para salvar situaciones casi insalvables.

Hacía años que a Julia nadie le esperaba al volver a casa. Habían pasado muchos desde que firmara los papeles de divorcio tras una boda que, lo supo desde mucho antes de la ceremonia, era un error. Nunca agradecería lo bastante a Sofía la ayuda que le prestó. Qué suerte tuvo al conocerla y qué orgullo que siguieran siendo amigas tantos años después.

Habían pasado ambas por un trance parecido, pero Sofía había tenido más suerte. Pablo era un buen tipo y seguían enamorados, todo un triunfo en esos tiempos.

Julia tardó mucho en poder borrar de su vida y su memoria al tipejo maltratador con quien se casó. A esas alturas ya sabía que nadie cambia, que no se hace cambiar a nadie porque la maldad no es una prenda de ropa sucia que echas a la lavadora y sale limpia. Que los desprecios, los insultos y las miradas torcidas no hay jabón ni lejía que los destruyan. Julia también había vivido en la desgracia, sabía lo que era caer en el pozo, pero también salir de él; por eso el brindis entre las dos amigas tenía tanto significado. Ambas eran aves fénix.

Tras el café con Julia, Sofía decidió pasear un rato. Seguía asombrándose al ver en las marquesinas y en los grandes carteles la frase de la campaña ideada por su marido. Siempre había sido bueno en su trabajo, pero jamás había tenido tanta repercusión. Una campaña mundial, nada menos. Ojalá todo fuera bien, sin sobresaltos. Confiaba en él. También confiaba en que al volver a casa todo estuviera bien en la ventana. Que la cernícala pusiera más huevos, que el macho cazara lo suficiente para alimentarse ambos, que ningún depredador atacara el nido.

Qué cantidad de cosas malas pueden pasar en la vida, en la nuestra y en la de los demás. «Y buenas —se dijo Sofía aferrándose de nuevo a la imagen del huevo bajo el plumaje de la cernícala—. Sí, también pasan cosas buenas».

40

Glup

El asunto del correo era «Las buenas intenciones». A veces J tiraba de refranes o frases hechas en sus textos, quizá era un juego que Ana no había logrado descifrar, tampoco lo consiguió con aquellas líneas desconcertantes.

> El amor... hay amores y amores, más o menos egoístas, más o menos «eficaces». Desde luego conozco el amor que nadie dudaría en juzgar bienintencionado, de esas madres empeñadas en que su hijo viva como sea. Quien me amara de verdad me habría sacado de esto hace tiempo. Me tengo que ir a la cama, ¿seguimos con todo esto? Besos.

«¿Seguimos con todo esto?». ¿Qué pregunta era esa? Ana leyó varias veces ese correo. La frase «Quien me amara de verdad me habría sacado de esto hace tiempo» también se le quedó retorcida y doliente en algún lugar del estómago, del vientre, de las tripas revueltas. Se le secó la boca como si hubiera comido cartón. «¿Seguimos con todo esto?».

Le contestó de inmediato, casi un telegrama:

> No sé qué quieres decir cuando escribes: «¿Seguimos con todo esto?».

La respuesta fue rápida. Ana casi podía ver a J a punto de apagar el ordenador floreado y de que le llevasen a la cama, cuando entró en su buzón la pregunta urgente de la periodista:

> Ay, pobre, ahora se me ocurre qué glup habrás dado al leerme. Con «¿Seguimos con todo esto?» ¡me refería a escribir sobre amor y sentimientos! Ah, ya aprovecho para preguntarte, no recuerdo desde dónde se corrige el blog, ¿cómo se hacía?

Ana suspiró aliviada. Andaba atareada con el montaje final del DVD de los músicos que había de salir a la venta en breve. Era inaplazable. Pero todo lo aparcaba cuando J la necesitaba. Al menos, en los últimos días había conseguido que los jefes la dejasen a su aire, centrada en el montaje, con horarios flexibles y sin encargos que la distrajeran de lo importante. Y lo más importante para ella en aquel momento, aunque ni los jefes ni nadie lo supieran, era ir guardando las memorias del hombre inmóvil, ayudándole a transcribir los textos del ordenador o revisando las correcciones.

Al cabo de unos minutos llegó otra carta más. Ana se sorprendía de la velocidad con que J escribía, soplido a soplido, un esfuerzo que debía de dejarle agotado.

> Hablando de enamoramientos, cuando decimos «amor» anda que no mezclamos cosas, afecto, deseo, intereses económicos, seguridades varias, proyecciones... Mézclese en las proporciones según posibilidades y cada uno tendrá su resultado. Hace dos años intenté sacar ecuaciones de ello y salían bastante complicadas. Sí quedó claro que: Equilibrio = No recibir ni más ni menos que lo que se necesita + no dar más

ni menos que lo que se pide, siempre que: lo que se necesita = lo que se quiere. Problema: que siempre queremos más de lo que nos pueden dar (jo, jo, jo).

Ecuaciones sobre el amor. Qué cabeza privilegiada. Qué vida tan rota con un corazón tan anhelante. Ana se debatía entre los pensamientos más tenebrosos y, al tiempo, veía que pasaban los días y J construía su historia en el blog. Realmente era muy acertado el título, «Destilados pentapléjicos», destilaba creación, rabia, dolor. Sobre todo, dolor.

Rechazo medicarme con ansiolíticos y antidepresivos, malos sucedáneos de una supuesta normalidad. Innecesarios cuando se conoce la causa de los conflictos y se actúa consecuentemente. Y más que nada rechazaría que mi vida tuviera que depender del sacrificio de otra. Que haga cada cual con su vida/muerte lo que quiera, menos entrometerla a la fuerza en la de los demás contra su voluntad. Y errará mucho quien señale en todo esto un comportamiento morboso o regodeo en la desgracia. Justamente eso es lo que trato de evitar.

A Ana esas palabras le provocaban un nudo en el estómago, una angustia que la ahogaba, pero, por lo visto, a los anónimos lectores, a algunos al menos, no parecía afectarles tanto o no entendían nada de lo que leían. Allí estaba un nuevo comentario en el blog, entre ignorante y bienintencionado, uno más del tipo: «Sé lo que te pasa, he pasado por lo mismo». «Un consejo que el hombre inmóvil no había pedido —pensó Ana—, pero opinar es gratis». Ella callaba muchas reflexiones o sentimientos para no causar más dolor a J.

La racionalización puede ser traicionera. Cuando uno está deprimido, o desesperado, sin querer recurre a las ideas que justifican su estado. Es mejor probar los antidepresivos y tomar la decisión después. Lo digo por experiencia. Por lo demás estoy de acuerdo contigo. Un saludo.

En ocasiones, en la soledad de su habitación, J desgranaba alguno de aquellos comentarios entre racional y duro. Se hallaba volcado en el blog. Cada vez escribía más y más entradas, estaba escribiendo su testamento.

Cuando sucumbo al miedo a la muerte, se diluye la persona racional que soléis leer y queda el hombre elemental acojonado, una pobre bestia implorante. Se pierde la entidad y queda la bioquímica en estado de emergencia con las alarmas disparadas pidiendo auxilio. Algunas personas me invocan la esperanza. Cuando el fin es inminente e irreversible, la esperanza o es ignorancia o es ilusión tramposa de los mecanismos de supervivencia que deberíamos rechazar. El miedo, tan humano, tan irreprochable éticamente, tan protector, tan mezquino con tanta frecuencia, tan violento y dañino con los demás tantas veces, tan masivamente. Vaya, con qué mecanismos funciona el rey de lo creado. Qué miedo cerebral me da ir cayendo en el miedo de las vísceras, de los sentimientos cobardes. Qué vergüenza ante mí mismo.

Tras esas palabras desgarradoras, una mujer se había atrevido a escribir:

Sí, estoy de acuerdo contigo con que el pasado es muy importante, y que para avanzar hay que mirar hacia atrás. Tal vez muchos de los errores que cometemos o vamos a cometer en el futuro, son fruto de nuestro perdón injustificado o de nuestra manía de no querer mirar al pasado, tal vez por instinto o con la firme intención de autodefendernos... No sé, estoy un poco perdida. Muchas gracias por escribir tus sentimientos, me parece muy valiente.

Ana seguía aquellas idas y venidas de comentarios y entradas desde cierta distancia, pues había tenido que prescindir de sus visitas a la habitación invernadero por un catarro estacional, ya que tenía claro que no podía llevar ningún virus a la casa de J; en su estado un pequeño resfriado podía ser mortal. Así que la periodista y el artista seguían sus conversaciones a través de correos electrónicos, comentando la benevolencia de algunos lectores del blog, pero sobre todo compartiendo una torrentera de sentimientos, reflexiones y tremendos dolores.

Parece que no hay posibilidad de tener unos días en paz. Ahora, justo cuando estoy increíblemente sin mocos, sin infecciones, con la tensión aceptable, me aparece, hay que joderse, ¡dolor de piernas! Sí, como lo lees. Conocerás ese horrible efecto de cuando se te duerme una pierna y que, bueno, la mueves, pasas un mal rato unos pocos minutos y se pasa; pues bien, a mí como me duelen las dos, a momentos se ha hecho casi insoportable y he tenido que recurrir a las aspirinas. Parece un problema de mala circulación... Si es que esto no es sano. Las rodillas se irrigan muy mal. Y querrán darme pastillas y mil masajes y medias ortopédicas, cuando la única solución de verdad sería prescindir de ellas, al menos de la rodilla para abajo. Dicho así, en nuestro mundo de buena imagen, parece una barbaridad, pero que me digan en buena lógica si hay algo mejor. Y del dinero... haciendo un esfuerzo podría conseguirlo, pero es que no quiero luchar más. Estoy cansado, hastiado de escribir tremendeces. Harto de la gente, harto de mí.

Ahí estaba el dolor del miembro fantasma de los amputados. Era tan indecente que eso también le ocurriera al hombre inmóvil, tan sumamente injusto, que Ana no podía concentrarse en nada más que no fueran aquellos correos desesperados. Volvía a ellos una y otra vez. Terminaba como podía los trabajos pendientes, los reportajes, la serie documental, las ruedas de prensa tan innecesarias como cotidianas. Se alimentaba de bocadillos y, si no tomaba un whisky por la noche, no lograba dormir. Agotada por el trabajo, angustiada por el hombre inmóvil, su poco tiempo libre lo empleaba en contestar los correos de J y leer su blog.

También visitaba el de la chica que tenía un nido de cernícalos en su casa. Se entretenía en ver las fotografías de las aves, los vídeos de los movimientos alados en el exiguo nido, la esperanza de que nacieran pollitos y bullera la vida en aquella jardinera lejana.

La periodista sabía que aquella ventana era para J una de las pocas adonde asomarse para intentar remontar un vuelo que ya parecía imposible. Ana compartía con él ese asombro ante el excelente funcionamiento de la naturaleza siempre y cuando los humanos no tocaran las narices en exceso. Pero, aunque ambos tuvieran esa ilusión ante la vida que se atisbaba en otra ventana, persistía en ellos otro ruido, un crujido tremendamente cruel, como de alas rotas; el rumor triste, aciago, de un tiempo que iba acabándose.

Sí, a Ana ese caminar al filo de la vida y la muerte en tantas horas y tantas cartas compartidas con J le estaba pasando factura, era consciente de ello. En ese momento ya había asumido que formaba parte de un entramado de personas a quienes ella no conocía pero que habían sido seleccionadas por J con una finalidad.

> Esta carta os la envío a un pequeño grupo de personas que sé que vais a entender más o menos por qué lo hago, sin comprometeros ni desasosegaros. Quiero decíroslo ya claramente y recabar vuestra ayuda —si fuera buenamente posible y con todas las precauciones necesarias— directa, indirecta, contactos… Quiero también que quede constancia de ello a efectos legales: seguir en este estado para mí tan penoso y sin otras perspectivas que ir empeorando no tiene sentido; esto hay que irlo acabando ya con cierta urgencia. Necesito la mano que sostiene el vaso, tengo todo preparado para que quien me ayude quede incógnito.

J se confesó en ese último correo. Ya no había medias tintas, su amigo estaba pidiendo ayuda. Una mano que sujetara un vaso que él no podría acercar solo a su boca. Allí estaba, negro sobre blanco, su plan, la salida de su propio laberinto y la preocupación por ese pequeño grupo de personas a quienes escribía, para que nadie tuviera que cargar con lo que era un delito. Ayudarle a morir. En ese momento Ana entendió el porqué de tantas preguntas sobre si eran seguras las comunicaciones por correo electrónico, si era posible localizar llamadas. Estaba temblando como si tuviera fiebre, como si sostuviera el mundo entero sobre sus hombros, una carga imposible, desmesurada. «¿Qué te contesto, J?, ¿qué puedo decirte, qué puede responderse a esto?». Delante del ordenador, aterida, encogida, llorando, con letras desdibujadas en la pantalla heladora, escribió:

> Me dejas descolocada, qué quieres que te diga... He leído tu blog, lo nuevo que has escrito, y luego tu carta. No tengo respuesta, me dejas muda, completamente muda. No quiero ser esa mano que necesitas, ni debo ni puedo. Y, por otra parte, creo que hay que hacerlo por las personas a quienes queremos. Toda una enorme contradicción que no te sirve de ninguna ayuda, ya lo sé... Y me obligas a preguntarme por qué no quiero o no puedo... y no tengo respuesta por muchas vueltas que le dé... Aun así, seguiré dándole vueltas. Tienes la capacidad de hacer pensar... Un beso.

Incapaz de comer nada, Ana se hizo un café. Borboteaba la cafetera, cantaban los pájaros en las copas de los árboles, las grúas se movían lentas sobre los edificios en construcción, había niños jugando en el patio de un colegio cercano, se les oía reír. Fuera de su ventana seguía la vida como si nada, como suele ocurrir aunque el espectador esté viviendo un infierno, una agonía, un dolor atroz. Con la taza caliente entre las manos heladas, la periodista veía pasar los minutos, refrescaba compulsivamente la bandeja de entrada de su correo; necesitaba una respuesta del hombre inmóvil, su reacción a la negativa de ser la mano que le ayudara. Se preguntaba cuántos noes más habría recibido, cuántas respuestas cobardes, evasivas, aterradas como la suya. Miedo, pavor a ser el brazo ejecutor. ¿Cómo ayudar a morir a quien amas?

Dos horas más tarde llegó la respuesta.

Ay, ay, ay, no me hagas sentir mal. No, no te lo tomes así, no es que te esté pidiendo que seas tú precisamente ni creo que tengas ninguna obligación moral de hacerlo. Sobre todo, es para que veas a qué grado de gravedad he llegado, que por otra parte esperaba que hubiera ido quedando en evidencia en el blog, que para eso lo escribo. Anda, déjalo en su justa medida; no te preocupes más de la cuenta, no es necesario que me comentes nada. Besos.

Urdía un plan, estaba claro. Iba trenzando una red extremadamente ligera pero resistente. Dejaba pistas en los correos y en el blog como un Pulgarcito desperdigando migas que atraen a las aves en el camino oscuro y peligroso, el lado salvaje de la vida que hace frontera con la muerte. Siempre.

41

Tres esperanzas

Ya se había vuelto una costumbre entrar en casa e ir, antes de nada, a la cocina. Sofía debió de hacerlo demasiado deprisa y su silueta alertó a la cernícala, que voló asustada. «Mierda, tengo que tener más cuidado». Se asomó a la ventana y el milagro de nuevo: ¡había tres huevos en la tierra de la jardinera! «Madre mía, qué velocidad, qué ilusión. Esto va de maravilla». Hizo fotos desde varios ángulos y fue al ordenador para escribir una nueva entrada.

La chica de los cernícalos se está dando prisa en crear su nueva familia, faltas de casa unas horas y ya hay tres huevos en la jardinera, tres proyectos de pollitos entre la tierra parda. Quién quiere geranios o hierbabuena teniendo esta maravilla en la ventana. Según lo que he leído, puede llegar a poner seis. Al parecer, depende de cómo prevén que será la primavera y si les permitirá alimentar a un número mayor o menor de hijos, y, por lo que se ve, con las lluvias y las heladas del invierno, los campos se llenarán de alimento. Para nosotros y para ellos.

Y lo publicó. Entonces se dio cuenta de que miles de personas habían visitado el blog, algo completamente inaudito en aquellas páginas virtuales que ella había abandonado hacía tiempo por falta de ganas o de imaginación. Y seguían los comentarios animosos de gentes a quienes no conocía: Manuel, Josefina, Pedro y otros que empleaban apodos; también personas de lugares lejanos, estos entraban de madrugada, cuando aquí se dormía y en otros países se vivía. Y había quienes le contaban que en su tierra al cernícalo se le llamaba *xoriguer* o *belatz* o *lagarteiro*. Se sentía agradecida con todos aquellos desconocidos que compartían su historia. También vio, con cierta tranquilidad, que el anónimo críptico no había vuelto a las andadas. Se sintió aliviada: quiso convencerse de que los buenos sentimientos son más numerosos y terminan por imponerse.

Oscurecía más tarde. Se notaba cada día más que la luz se resistía a las tinieblas, avanzaba la primavera, y con ella el triunfo esperanzado que suponía haber superado el invierno. Abril era siempre un mes luminoso.

Se dejó caer sobre el respaldo de la silla delante del ordenador pensando que habían pasado días y no sabía nada de Pablo, ni una llamada ni un mensaje. Nada. Le llamó al móvil, pero estaba apagado o fuera de cobertura. Tanto silencio era extraño, no era propio de su marido.

No había muchas más personas a quienes él pudiera contarles las buenas noticias, tampoco las malas. Su círculo eran los colegas de la agencia y poco más; quizá antiguos compañeros de estudios con quienes se veía en comidas con-memorativas de las décadas que iban pasando desde que fueron colegiales, desde que echaban interminables partidos de fútbol o de rugby en el patio, desde aquellos días en que todas las rodillas estaban llenas de raspones con el cemento, y todas las esperanzas en el futuro, intactas. Sofía sabía que ella era la mejor confidente de su marido, que él carecía de colegas con quienes desahogarse o de un amigo del alma, como Julia era para ella. Por eso su silencio era más angustioso, un hueco oscuro entre ambos que le daba miedo y ansiedad.

Volvió otra vez a la cocina, el camino entre la habitación del ordenador y la ventana del nido que recorría decenas de veces al día. El cernícalo macho acababa de llegar, traía algo pequeño y marrón bien sujeto entre las garras, seguramente un topillo. La hembra se levantó, le arrebató la presa y voló hasta el tejado de enfrente para comer; el macho ocupó su lugar acomodando los huevos con infinito cuidado y colocándose encima para mantener el calor. «Qué bien se organizan», pensó Sofía mientras hacía fotos sin parar. Ellos sí parecían vivir cada jornada como si fuera la última, o la única, de su existencia. El orden natural de las cosas que suceden porque han de suceder así.

Estaba empezando a agobiarse y llamó de nuevo a Pablo: «El teléfono al que llama está apagado o fuera de cobertura, inténtelo de nuevo más tarde» fue todo lo que tuvo por respuesta. Este mensaje era una pizca más lógico que aquel otro que sonaba absurdo: «El número al que llama no existe». ¿Cómo no va a existir un número? Todos los números existen.

Para distraerse publicó en el blog media docena de fotos y un vídeo en que se veía bien el relevo en el nido y que el bicho que cenaba la hembra era un ratón muy pequeño, casi le dio pena el animalillo tan diminuto. El texto decía:

> Hay una organización perfecta en esta pareja, ella incuba casi todo el tiempo y él se encarga de cazar para alimentarla; además, casi nunca se quedan solos los huevos, el macho también les da calor. Un reparto de tareas que ya quisieran muchos humanos.

Y entonces, su burbuja de paz explotó. Ahí estaba, el anónimo, ¡zas!, rápido como el rayo:

> El macho caza, la hembra cuida. Un poco machista el comentario, ¿no, señora?

—¡Asqueroso! —gritó Sofía, como si el anónimo pudiera escucharla—. Ya está otra vez, pendiente de lo que pongo. Ha dejado pasar unos días y ahora reaparece, fue un error contestarle, es lo que quiere y no se lo voy a dar.

Decidió que hasta ahí, que se había terminado, que no prestaría más atención a la mala gente, y se centró en lo que verdaderamente la tenía agobiada.

—Jo, Pablo —mascullaba Sofía dando vueltas en la cocina—, ya podías ver las llamadas perdidas y llamarme, vale que estás muy liado, que esta campaña es muy gorda y todo lo que tú quieras, pero es que no sé si te ha pasado algo y me agobio mucho, ya lo sabes, siempre me dices que me preocupo demasiado por cosas insignificantes, vale, bien, lo asumo, pero es que desde hace días no sé nada de ti, que lo mismo puedes estar en un hospital con un infarto y yo aquí, como una boba, como si no pasara nada, haciendo fotos de cernícalos.

—Por otra parte, tampoco tengo una excusa razonable, ninguna urgencia, para llamar a la agencia y preguntar por ti. Si lo hiciera, me atendería Margarita, que es bastante cotilla y no sabría qué decirle, claro que tampoco tengo por qué darle explicaciones, con un «Buenas noches, soy Sofía, quiero hablar con mi marido» bastaría. Pero ella podría contestarme con retintín: «Sofía, mujer, ¿cómo no sabes que Pablo está en Seúl, en una reunión importante?», y se la llevaban los demonios imaginando su sonrisa de listilla al decir: «Pablo-Seúl-reunión-importante».

Sofía puso fin a su monólogo y tomó una decisión: no, no iba a llamar a la agencia, además, tampoco eran horas. El reloj luminoso del microondas declaraba que eran las 22:19. No tenía ganas de cenar y solo se comió un yogur, lacto-bacilos-bífidus-activos-defensas-vientre liso. Los yogures modernos eran la panacea.

«Antes de que inventaran todo esto se ve que la gente siempre tenía el sistema digestivo hecho un desastre y andaban estreñidos por la vida sin ayudas para sus defensas y sin nada», pensó.

Tampoco había defensas para la soledad que sentía en ese momento. Su única compañía: unas aves que ya dormían tras el cristal, unas vidas incipientes y la esperanza que anidaba en ellas.

Se metió en la cama con una novela policiaca que encontró en la caja de «Libros» aún a medio vaciar. Necesitaba algo distraído, no se iba a poner con Boris Vian y *Escupiré sobre vuestra tumba*, qué buen título, por favor, qué título estupendo. Morirse con treinta y nueve años de un infarto, eso sí que es un mal escupitajo del destino.

Cuando organizaba libros en el trabajo, Sofía pensaba a menudo en los escritores ya muertos, en lo jóvenes que murieron muchos de ellos, en que, de haber vivido en esa época, quizá gracias a los adelantos de la medicina podrían haberse salvado. Claro que de haber vivido en ese momento seguramente no habrían escrito aquellos maravillosos libros; quizá serían guionistas de la tele, de uno de esos programas en los que todos gritan y se insultan. Que tampoco se sabe muy bien para qué necesita esa gente guionistas, si son capaces de llenar horas de programa criticando las tetas nuevas que se ha puesto vete a saber quién.

Sofía se quedó dormida con el libro cerrado entre las manos. Soñó que la hembra de los cernícalos entraba en la cocina y se posaba en la mesa ahuecando mucho el cuerpo, como para ponerse cómoda. Soñó que hablaban de las alas, de su diseño, que hacía posible elevarse, cernerse, planear, lanzarse en picado, remontar el vuelo, despegar y aterrizar, de esa facilidad sin vértigo que lucen quienes nacieron por y para el aire.

Soñó con el vacío y con un diablo muy pequeño, un demonio en miniatura que también podía volar y saltar y entrometerse en todo. Parecía un diablillo simpático, sus cuernos chiquitos, un rabo terminado en punta de flecha, un diminuto tridente en la mano, pero seguía siendo un diablo que enredaba en todo, que estaba en todo. Sobre todo, en los detalles.

42

Dolor

Anoche, a las once, me tomé un nolotil porque presentía que me iban a volver a doler mucho las piernas; a las seis de la mañana, después del cambio, el dolor se hizo casi insoportable hasta las siete. Por la mañana me siguieron doliendo bastante y a eso de las doce, delante del ordenador, se empezó a hacer insufrible. Llamé a atención domiciliaria y cuando vino el médico me tuvo que inyectar morfina. Después de media hora de extraña agitación mental agradable me quedé dormido hasta la hora de volver a la cama; los movimientos para acostarme me dieron fuertes náuseas, apenas pude comer, en cuanto intentaba hablar me daban ganas de vomitar y al final me quedé dormido. A las seis me sentía bien, pero lo mismo cuando quería hablar: mareo y náuseas. Ahora me voy recuperando un poco pero muy lentamente.

Morfina, salvadora morfina, peligrosa morfina, dulce indolora sensación, adormecerse y no sufrir. No sufrir, joder, no sufrir es de lo poco que puede pedir alguien sin esperanza.

Ana pegó una patada a la pata de la mesa que sostenía el

ordenador. Hubiera pegado una patada al mundo entero, una coz global a todos los que aseguran que hemos venido a este mundo a sufrir, a expiar un pecado original, a sacrificarnos; vale, que les operen sin anestesia si les gusta sufrir, pero que no pretendan que los demás sean masoquistas como ellos. Joder, joder...

Ana rompió a llorar, porque además tenía que marcharse unos días a su ciudad natal para acudir a un acto de homenaje a su padre, una de esas citas ineludibles, una obligación moral y vital que suponía abandonar esa otra obligación moral y vital que era ya en su vida el hombre inmóvil.

Se limpió las lágrimas y revisó el blog con la intención de estar más cerca de él. La periodista había notado que últimamente J se estaba abriendo cada vez más a sus anónimos lectores. Vio que en sus «Destilados pentapléjicos» había descrito, con todo lujo de detalles, esa primera experiencia con la morfina.

> Creo comprender ahora muy bien la situación de cuando se llega a no tener más opciones que elegir entre lo malo y lo peor. Insisto en que llegados a ese punto la cabeza, por sí sola o por efecto de los fármacos, es muy posible que pierda suficiente voluntad de razón y se deje llevar por los mecanismos de defensa a toda costa. En mi caso prefiero acabar de morir, mientras tenga control sobre mi cabeza que llegar a ciertos estados de sufrimiento irreversible sin capacidad de libre decisión.

«Acabar de morir». J se daba ya por «empezado a morir». Atrás quedaba esa petición desesperada, esa mano que necesitaba para suplir la suya inútil. Atrás más de cinco años de lenta agonía, día tras día, de contemplar desde la absoluta inmovilidad un final que se alejaba porque no había ayuda, ni auxilio, ni compasión.

Ana sintió el impulso de escribirle de nuevo. Le pidió (se sintió tan tonta al hacerlo) que aguardara unos días, que en cuanto volviera del viaje exprés para el homenaje de su padre, podría ir a verlo porque el catarro se le estaba pasando y ya no tenía fiebre ni podía contagiarle ningún virus maligno.

La periodista sabía que le estaba implorando egoístamente que no la abandonara. Le confesó que estaba algo deprimida, que lo necesitaba a su lado. «Todo el mundo se desahoga conmigo —le contó J una vez—, como no puedo moverme, pues me cuentan sus penas»; y así era, ella se estaba desahogando de la manera más idiota con alguien que circulaba por la vía en dirección a la estación final, a la vía muerta. En una larga posdata que era una súplica para que se aferrase a la vida y no la dejara sola, le insistió en que mirase el blog de los cernícalos, como si volver a verlo con vida dependiera de ello. Le recordó que era muy bello observar las aves, que en unos días habría pequeños pollitos en la jardinera, que le encantaría hacerlo y que le gustaría que lo vieran juntos.

Ana siguió escribiendo; le caían lagrimones por la cara y los limpiaba con ferocidad con el dorso de la mano. Siguió escribiendo porque no sabía hacer otra cosa, continuó tecleando mientras un cigarrillo se quemaba, abandonado en el cenicero. Terminó con un «besos».

La carta de respuesta llegó pronto. Se titulaba «Domingo, últimos soles de los paradójicos abriles».

Últimamente mis estados de ánimo son muy creativos. La depresión trae una especial lucidez que hay que aprovechar, en vez de rechazarla agobiado. Abril, en efecto, es muy engañoso; él y mayo son meses aparentemente alegres que, por alguna razón, bajan el ánimo y acaparan tantas depresiones como el otoño. Engañoso... antiguamente se decía «quien no guarda leña en abril no sabe vivir». Esto me hace pensar en que yo ya no debería poder estar escribiendo. Y hablando de abril y muerte, ¿conoces este poema de Eliot?

A continuación J copió unos versos de *La tierra baldía* de T. S. Eliot, en los que el poeta decía que el mes de abril era el más cruel, capaz de mezclar la memoria y el deseo, el mes en que germinaban las lilas y se estremecían las raíces marchitas con la lluvia primaveral.

Ana podía ver allí mismo, frente a la pantalla del ordenador, el palpitar de las lilas brotando y las raíces sinuosas retorciéndose en las profundidades de la tierra muerta. Olía a primavera y, gracias a aquellos versos, la periodista se sentía planear sobre enormes árboles cuya savia se deslizaba entre las ramas durmientes hasta despertarlas y en donde los pájaros anidaban formando refugios seguros y secretos.

¡Qué cierto era! Abril era un mes cruel, capaz de regalarle a J un momento bellísimo de esplendor de la naturaleza y de recuerdos, y a la vez, decía: «Yo ya no debería poder estar escribiendo...». La belleza de las metáforas de T. S. Eliot se agriaba ante la dureza de esta sentencia. El final era inminente.

«Maldito mes de abril», se dijo Ana, y sintió la necesidad de volver a escribir a J para que le aclarase qué quería decir.

Aquella noche se acostó sin respuesta, ya que él no contestó hasta el día siguiente.

No, no puedo darte detalles, al menos no por esta vía tan controlable...; el otro día te hubiera podido contar cosas. ¿Cómo estás tú? ¿Lista para el viaje? ¿Algún nuevo proyecto en mente? Te deseo que todo salga como te mereces. Un beso.

«¡Mierda de catarro que me ha hecho posponer la visita!, ¡mierda de todo! Y aún me pregunta que cómo van mis cosas, se interesa por el viaje, joder», gritó Ana sola en la inmensa soledad de su pequeño apartamento. No dejó de llorar de impotencia y de rabia mientras hacía la maleta con lo imprescindible; la ligera maleta del breve viaje del que ya estaba deseando volver porque un pálpito desasosegante le decía que, a su regreso, quizá, sería imposible visitar a J.

Unos cuantos kilómetros de distancia para acudir al homenaje al padre; una distancia sideral, extraordinaria, para el hombre inmóvil.

43

La forma de ver

Se despertó y miró de reojo la mesilla, por si el diablillo con el que había soñado seguía rondando por allí. No olía a azufre ni había rastro de ningún demonio, tampoco de Pablo: otra noche más sin volver a casa.

Mientras se duchaba, Sofía fue pasando de la preocupación al cabreo. Que sí, que vale, que era la campaña de su vida, que iba a ganar una pasta, que se haría famoso y todo eso, pero, a ver, una llamada o un mensaje no costaban nada, que parecía que estaba casado con los coreanos en vez de con ella.

Se secó con una toalla bastante áspera (mierda, no compraron suavizante) y se puso unos vaqueros y una camiseta. No tenía absolutamente nada que hacer excepto seguir ordenando la casa, observar la vida en la ventana de la cocina y esperar a que Pablo se acordara de que estaba casado con ella y la llamase.

Y el teléfono sonó.

—¡Cariño, perdóname!

—¿Va todo bien? Ya no sabía qué hacer, estaba preocupada, Pablo.

Aquel «perdóname» le sonó a excusa no pedida.

—Ya me imagino, vi anoche tus llamadas perdidas pero era tarde y no quise despertarte.

—A ver, Pablo, que me duermo gracias a que tomo la pastilla, que ando agobiada y pensando que te había pasado algo malo.

—Qué cosas dices, mujer, ya te avisé de que esto era muy grande, muy importante, y estamos en el momento crucial.

—Pero ¿estás aquí o de viaje?

—Aquí, durmiendo en un hostal al lado de la agencia, así no pierdo el tiempo cruzando la ciudad para volver a casa. ¡Cada minuto cuenta! Esto es muy grande, Sofía. Emilio y yo hacemos guardia por si es necesario hablar con Corea, ya sabes que hay siete horas de diferencia.

—No, no lo sabía… —Sofía se sintió insignificante e ignorante a partes iguales.

—Pues eso, que tranquila. Nos pasamos las horas puliendo mensajes, pidiendo permisos. Es todo muy complicado y muy nuevo.

—Como no me has dado ni una pista, pues no me hago idea, la verdad.

—Es…, a ver, es lo nunca visto. Un producto capaz de maravillar a cualquier habitante de la tierra.

—… —Ella no supo qué decir.

—En serio, en serio, Sofía, algo que va a cambiar la forma de ver el mundo.

—Suena, no sé…, raro.

—Por ahora no te puedo decir más, son muy estrictos con lo de la confidencialidad.

—Bien, qué se le va a hacer. Entonces ¿cuándo te veré?

—Pues mañana publicamos ya el último mensaje…

—¿Otro de los misteriosos, una frase nueva?

—Eso es, sí. Y luego viene el lanzamiento mundial, pero

ahí la agencia ya no tendrá mucho papel. Lo nuestro estará casi terminado.

—Y hoy, ¿te pasarás por casa? Tendrás la ropa hecha un desastre. Si quieres me acerco y te llevo una muda limpia, lo que necesites.

—Me traje un par de camisas y tampoco salgo mucho de aquí, no te preocupes. Y, oye, te quiero, que no se te olvide. Cuando termine con esto nos escapamos a algún sitio chulo, ¿sí?

—Claro. Yo también te quiero.

Café, un café bien caliente, bien cargado. Necesitaba despejar la cabeza en aquel momento en que todo tenía una explicación y no había que preocuparse por la desaparición de Pablo.

Los días se le hacían muy largos, se sintió como una recién divorciada; el hueco de la cama dejado por el ausente profundizaba más aún la ausencia.

Solían organizarse bien y hacer juntos las cosas de la casa, iban tan a la una como la pareja de cernícalos. Les gustaban las rutinas del tipo: «¿Qué comemos mañana?», y comprar o descongelar y cocinar siempre por las noches o a media tarde. Mientras troceaban verdura o la sofreían charlaban de cómo les había ido el día, una rendición de cuentas de lo cotidiano, un contar las anécdotas del trabajo de cada uno.

Si los ornitólogos no estaban equivocados, allá por junio el ciclo de la vida se habría cerrado en el nido; ya no habría cernícalos que observar y ella regresaría al trabajo, pero habría contado al mundo una historia diminuta, pequeña quizá, pero hermosa.

Sofía se agobió al pensar de pronto en una vida sin los cernícalos, de vuelta a la mal llamada «normalidad».

En la biblioteca reinaba la rutina la mayor parte de los días. Cuando el vigilante abría la puerta ya había varias personas esperando. Solían ser los mismos casi siempre: ancianos solos que se refugiaban entre las gruesas paredes, ora del frío, ora del calor. Acudían en peregrinación al templo de los libros, aunque rara vez pedían alguno y se lo llevaban a casa. Se acomodaban en la gran sala de lectura y leían, uno tras otro, la media docena de periódicos que llegaban a diario. Se empapaban de las noticias que, quizá, luego comentaban con otros ancianos como ellos mientras tomaban un café en el bar. Seguramente hablaban, sobre todo, de las esquelas. Eran supervivientes y lo sabían, así que se ocupaban de las cosas pequeñas, de los detalles.

La ciudad cambiaba y ellos permanecían estáticos en sus puestos de ancianos, atentos a las obras nuevas, a las calles peatonales, a la fuente que iban a plantar en medio de la plaza. «A quién se le ocurre poner una fuente ahí, se va a tirar helada medio año y luego no habrá dinero para arreglarla. Ideas de bombero tiene este alcalde».

Porque todas las cosas que sucedían, absolutamente todas, eran culpa siempre del alcalde. Fuera del partido que fuese, los viejos lo veían como una autoridad omnipotente, dedicada, la mayor parte del tiempo, a hacer mal las cosas que podrían hacerse bien. Pero a ellos nadie les preguntaba nada porque eran solo viejos, no personas importantes, no, solo viejos que pasaban las hojas del periódico con mucha parsimonia y, a veces, mojaban el dedo con saliva para facilitar la labor. No habían leído *El nombre de la rosa*, Sofía estaba segura de ello, pero tampoco quería alertarlos de lo peligroso y poco higiénico de ese gesto.

Al señor Pedro le tuvo que avisar un día el vigilante:

—No, hombre, no puede usted hacer el crucigrama,

comprenda que hay más personas que luego leerán este periódico.

Y el señor Pedro, que tenía en su casa una enorme colección de crucigramas sin completar, ponía cara de niño travieso pillado in fraganti, bajaba la mirada y colocaba las palabras mentalmente en la cuadrícula. «Yunque de platero: tas». «Especie de chacó pequeño, de fieltro y más alto por delante que por detrás: ros». El señor Pedro sabía palabras que los más jóvenes ignoraban, era un guardián de viejas acepciones que morirían con él y con otros como él.

Los ancianos de la biblioteca eran como de la familia porque huían a ratos de las suyas o carecían de ella. Costaba pensar que hasta hacía poco habían sido personas de una condición distinta, alejada de la senectud. Entonces eran ingenieros o policías, médicos o fontaneros, oficinistas, camioneros o el tendero de la esquina.

Al hacerte viejo es como si desapareciera la vida anterior disuelta entre canas, arrugas y achaques.

—¿Cómo va la tensión, Manuel? —preguntaba la bibliotecaria sonriendo al anciano.

—Mal, señorita Sofía, la doctora me tiene loco con las pastillas: hoy he tomado tres, pero mañana me tocan dos y pasado mañana solo media. Esto no hay quien lo entienda, pero vamos, que no me preocupo, que de algo hay que morirse.

—No diga eso, que aún le quedan muchas cosas por hacer.

Y el señor Manuel la miraba socarrón, como diciendo que sí, que ya, pero que eran ochenta primaveras, más bien otoños, a cuestas, y pesaban.

—¿Cómo era aquel anuncio? —le preguntó el anciano y él solo se respondió—: «Pesan los kilos, no los años». Mentira podrida, ya le digo yo que lo que pesa son los años, el tiempo transcurrido y el horizonte cada vez más menguado.

Los ancianos solían decir a los jóvenes que aprovecharan esa pasajera y poderosa condición, que el tiempo volaba y de pronto uno se veía convertido en la versión arrugada de quien fue.

—Dentro de treinta años los coches serán voladores —decía uno.

—Pues que les aproveche, yo no estaré aquí para verlos y seguro que el alcalde de entonces la vuelve a liar y pone semáforos hasta en el aire. Hay que joderse —contestaba otro.

Se reía Pablo con las historias de la biblioteca, tan alejadas del mundo de la publicidad, aunque alguna idea le dio Sofía con esas anécdotas de los ancianos.

Las campañas publicitarias no solían fijarse en ellos, no eran potentes consumidores, al menos no de la mayoría de los productos, si se descartaban los medicamentos, los viajes para la tercera edad o el pegamento para la dentadura postiza, por no hablar de los destinados a la incontinencia urinaria. Qué colección de achaques.

Sin embargo, los modelos que salían en los spots no parecían viejos; eran guapos, tenían todo el pelo, la piel bronceada, jugaban al golf y lucían una dentadura perfecta. Iban a cruceros de ensueño con sus señoras, también bronceadas y sonrientes. Viejos tan imaginarios como los efectos milagrosos del millón de cremas que también se anunciaban.

«No te vendo esto, te estoy haciendo un favor informándote de que rejuvenecerás veinte años si usas este potingue suizo tan caro».

«Si te salen arrugas es porque te da la gana, no digas que no te hemos avisado. Los publicitarios estamos en el mundo para que vivas mejor y te sientas estupendo cuando compras y compras y compras».

Y lo más pernicioso no era solo esa celebración a la juventud eterna, el secreto de la publicidad, y eso Sofía lo había discutido más de una vez con su marido, era crear necesidades. Ella admiraba la creatividad de Pablo, pero no tanto los fines de algunas de sus campañas. Pues casi siempre intentaban hacerte creer que si no adquirías el producto anunciado no serías feliz. ¿Qué necesidad inventada escondía la nueva y misteriosa campaña que su marido capitaneaba y que tenía a toda la ciudad expectante?

Dejando de lado esos remordimientos que ni le pertenecían, Sofía se acercó a la ventana y comprobó que todo estaba en orden. La hembra seguía allí, quizá un poco acalorada porque por la mañana el sol daba de lleno en la jardinera; en un rato llegaría la sombra.

En los comentarios del blog muchas personas insistían en que pusiera un cuenco con agua para aliviar la sed a las aves, pronto llegaría la canícula. Ella les contestaba que no, que le habían aconsejado que no interviniera; los cernícalos no eran animales de compañía, sino aves silvestres. Estaban allí, al alcance de la mano, pero no le pertenecían. Sabían buscarse la vida y no dependían de una humana para refrescarse o comer. La humana era apenas una sombra tras los cristales, una sombra que no les resultaba amenazante porque ellos llevaban su vida de aves e ignoraban que ella estuviera ahí, tan sumamente cerca.

Publicó en el blog estas reflexiones y añadió una fotografía de la hembra recostada. Imposible saber si había ya un cuarto huevo debajo de ella, llevaba horas sin moverse, dedicada a incubar, cumpliendo su misión.

Qué envidia tener tan clara tu misión en la vida. Sofía,

en cambio, se sentía un poco perdida, algo desconcertada o confusa, no era capaz de discernir el sentido de sus días.

Suspiró mirando a las aves y pensó que pronto todo avanzaría también a este lado de la ventana y que sería para bien. Al igual que los cernícalos, ellos también construirían un nido confortable y cálido. Un hogar. Una familia. Eso era lo único que ella necesitaba.

44

Ya

El viaje de Ana fue un retorno al pasado, a la ciudad que la
había visto nacer y crecer. Fue hermoso el homenaje a su
padre en el único teatro de la pequeña ciudad del norte. Un
recuerdo emocionado de cómo había preservado las viejas
imágenes de la ciudad, de las fiestas de antaño, de un mundo y unas gentes que ya no estaban.

Había contribuido a reunir centenares de películas, viejo
celuloide que restauró y reconstruyó para contar la historia.
Y a la periodista toda aquella tarea le dio pistas para luego
enfocar su propio trabajo, para ser consciente de la importancia de los archivos audiovisuales para no perder la memoria colectiva.

Era dolorosa para Ana esa ausencia-presencia del padre.
En muchos de los documentales salía él presentando el tema
a los espectadores. Sentado delante de la moviola, con su
voz pausada, quizá un poco nervioso, introducía lo que iban
a ver, hablaba de cómo iban a viajar en el tiempo entre hombres y mujeres vestidos a la antigua, a pasear por unas calles
que ya no eran las mismas, sin tráfico, silenciosas. Otro
tiempo pero un mismo lugar; era como si este se hubiera
llenado de fantasmas en blanco y negro que pululaban entre

los vivos quizá diciéndose: «Qué cosas, cómo ha cambiado todo».

Ana solo pensaba en regresar, la ausencia del padre le dolía y ya solo quería ver otra vez a J porque presentía otra ausencia también dolorosa y ya era demasiada la soledad que sentía.

Puso el coche casi a doscientos por hora en la autopista. Había estado atareada en la organización del homenaje, no había tenido ocasión de conectarse ni tiempo para leer los correos que seguramente el hombre inmóvil le había enviado: le urgía volver cuanto antes, como si le fuera la vida en ello.

Había mucho tráfico siempre en aquel trayecto: camiones en filas interminables que transportaban maquinaria o comida o coches; turismos con una sola persona en su interior yendo o volviendo del trabajo, motoristas veloces zigzagueando peligrosamente entre los coches. Ella aceleró más y más, los adelantaba a todos. Le hubiera gustado disponer de una sirena como las que colocan los policías en el techo del coche cuando hay una emergencia, o ser rica y tener un helicóptero privado para devorar la distancia.

Cuando llegó a su apartamento, tiró la maleta en el recibidor, se lanzó al ordenador y abrió el correo.

Asunto: Hola.
Puedes pedir, exigir, si te interesa, el acceso a todo lo que tengo en el ordenador y hacer con ello lo que quieras, me fío de tu criterio. Te mando algo inacabado.

El mensaje había llegado el 3 de mayo a las 14:27. Ana lo estaba leyendo el día 5, solo dos días después; no era mucho tiempo.

«No es mucho tiempo», se repitió mientras se le aceleraban las pulsaciones y la misma angustia de otras veces comenzaba a atacarla. Se apresuró a contestar:

¿Por qué me dices esto, J? Tú necesitas el ordenador.

Volvió a mirar la bandeja de entrada. Había otro correo de él, lo mandó a las 21:48 del mismo miércoles 3 de mayo. Se titulaba «Lo que faltaba». Era un poema de tres páginas, un poema desgarrador, precioso y atroz a la vez.

Ana tuvo un presentimiento, una certeza, un dolor en la boca del estómago, una angustia retorcida en el lugar donde el alma duele.

Abrió la web del periódico local; necesitaba comprobar que su intuición era solo una fantasía, que las palabras de J no significaran lo que parecía, pero allí estaba la noticia copiada directamente de un teletipo de agencia.

«Los teletipos suelen ser parcos, los datos justos; las noticias de última hora se completarán después con todos los detalles a medida que se vayan conociendo. Oh, sí, los teletipos son jodidamente parcos, excepto si lo que cuentan, la noticia, es lo que no quieres leer aunque sabes que llegará el mal día en que tendrás que hacerlo», pensó.

La policía ha encontrado esta mañana muerto en su domicilio a un hombre imposibilitado en su silla de ruedas. Los agentes llegaron a la casa alertados por una llamada telefónica anónima; el cuerpo no mostraba signos externos de violencia. La puerta de la vivienda estaba abierta y las luces encendidas, no había nadie más en la casa. Junto al cuerpo encontraron un vaso. La jueza de guardia ha decretado el secreto del sumario.

Ana lloró ante la pantalla del ordenador como ante un confesionario, desgarrada; se sentía culpable del pecado de no estar, de no haber estado allí cuando había que estar.

Lloró porque había mandado un correo a J cuando ya estaba muerto, porque ya nunca podría leer nada más recién escrito por él, porque nunca podría escribirle nada más, y nunca más podría conversar con él.

«Eso es la muerte, la persistencia de la ausencia, un vacío que te engulle, un laberinto sin salida, una cueva oscura de la que nadie sale hacia la luz», pensó.

En aquel momento Ana sintió que en los últimos meses había volado muy alto junto a J y ahora, sin él, se precipitaba en el vacío. Mareada, con el estómago revuelto, fue directa al blog, a esa herramienta con la que ella le había ayudado a construir lo que definitivamente sería un testamento, el legado permanente y abierto para quien quisiera atreverse a leer y entender.

El último texto lo había publicado él solo.

Volvió a sentir en el alma no haber estado a su lado para transcribir aquellas últimas palabras, para acompañarlo, aunque Ana sabía que J tenía planeada su marcha y nunca le hubiera hecho pasar por aquel trago.

«Cuando llegan los días *señalaítos*», decía el texto publicado el 2 de mayo, dos días antes de su muerte.

Las lágrimas empañaban la visión de Ana. El hombre inmóvil, definitivamente inmóvil para toda la eternidad, también había escrito sobre aves en su blog, de nuevo recurriendo a un poeta chino.

A los gorriones del campo
No vuelen
al lado de los guardarríos de Yenzhou

para no caer con ellos en la red;
ni se posen
junto a las golondrinas del Palacio Wu,
pues
si este se incendia, se reducirán sus nidos a cenizas.
Vuelen
por encima de los cañaverales, en soledad.
Y así
ni las águilas ni los halcones podrán alcanzarlos.
...
Los ánsares se llevan nuestras melancolías,
y los montes nos ofrecen una luna alegre.
Nos sentamos a beber junto a las nubes,
alzando nuestras copas
por encima de un mundo de angustias.

Ese poema regaló a la periodista un momento de paz y consiguió que abandonara la ventana del ordenador para mirar el cielo azul del exterior.

Los pequeños aviones, las golondrinas, los vencejos hacían quiebros imposibles en el aire, se cruzaban sin rozarse, jugaban, bailaban con las alas y ascendían brillantes hacia un sol lleno de primavera, sin melancolía, esperanzado. Ella recordó la ventana de J, el vuelo raso de las cigüeñas camino de las torres, el zureo incesante de las palomas siempre enamoradas, y entonces Ana se preguntó qué estaría sucediendo en aquella otra ventana, la de los cernícalos, a la que J y ella se habían asomado juntos con un atisbo de esperanza.

45

Los tertulianos

Sofía miraba compulsivamente su teléfono y la ventana de la cocina. Aquella semana compró unas estanterías nuevas y decidió poner orden a la biblioteca. Ya tenía muchas cajas vacías y bastantes libros ordenados alfabéticamente. El caos cedía ante su afán de que la casa fuera un hogar y no una especie de almacén.

A eso de las once, pon cualquier cadena de las que emiten publicidad. Más besos.

El escueto mensaje de Pablo. Era como si ella formara parte también del público anónimo, una oyente, espectadora de lo que iba a suceder o ya estaba sucediendo, como si no fuera su mujer.

Era en verdad intrigante, ¡claro que creaba expectativas! Tras los dos primeros mensajes en vallas, fachadas y paradas de autobús, muchos medios se habían preguntado lo mismo que la gente: «¿Qué es esto?», «¿Qué anuncian?». Eso suponiendo que fueran anuncios. Los tertulianos llevaban días especulando porque para eso les pagaban, era fácil ya que nadie tenía datos y se aventuraban a fabricar las más variadas y locas teorías.

¿DÓNDE ESTÁS? ¿ADÓNDE MIRAS?

Sintonizó la cadena de televisión que emitía un matinal interminable. Y allí estaba el «experto» asegurando que nos iban a vender algún tipo de mapa interactivo. Otro lo refutaba porque eso ya existía.

—Casi seguro que anuncian una nueva agencia de viajes —aseveró.

—No, no —dijo una tercera tertuliana que siempre tenía los últimos datos de fuentes que jamás podía revelar—. No es nada de eso. Es una nueva cadena de televisión, lo sé de buena tinta.

El periodista que moderaba la tertulia los dejaba hablar porque eso llenaba tiempo. Llenar tiempo con vaguedades es lo que funcionaba y, además, daba muy poco trabajo. Quienes ese día eran expertos en publicidad, un par de días atrás, cuando el Etna se puso a rugir, lo sabían todo sobre vulcanología; cuando una infección de origen desconocido se cebó solo en las niñas de doce a catorce años, eran expertos en medicina y cuando el enésimo cargo abandonaba el partido y se iba a la competencia, lo eran en política.

Un cuarto integrante de la animada tertulia confirmó que se había puesto al habla con un cuñado suyo que trabajaba en el extranjero.

—Os estáis equivocando todos —dijo contundente—, en realidad no anuncian nada. NADA.

—¡¿Cómo?! —exclamaron a coro todos los demás—. Es imposible, esto cuesta mucho dinero para no ser nada, cómo va a ser un anuncio de nada, hombre, por favor.

—Ya os digo yo que sí —afirmó—; no venden nada, no anuncian nada, no quieren que compremos nada.

—Entonces, Federico —dijo el presentador—, ¿qué es?, ¿para qué sirve?

—Según mi cuñado —un buen periodista siempre tiene fuentes fiables y contrastadas—, es un experimento. UN EX-PE-RI-MEN-TO.

—¿Y quién está detrás del experimento? ¿El Gobierno? ¿Otro Gobierno? ¿Los chinos? ¿Los rusos?

—¡Alguien debería controlar las injerencias extranjeras en nuestro país! —adujo airado el tertuliano de más edad. Y aquello sonó a confabulaciones judeo-masónicas de las que nadie sabía nada, pero les sonaba de hacía un montón de años.

—Cierto —apoyó otro la moción—, si esto es cosa de los rusos, mal vamos.

—¿Ahora somos racistas? —lanzó su dardo la única mujer de la mesa.

—No, no —negaron dos veces—, nada de racismo, es sentido común y autodefensa, hay cosas que no se pueden consentir, que un gobierno fuerte no puede tolerar. No nos hacemos valer y así nos tratan, nos toman por el pito del sereno.

Llegados a ese punto se enzarzaron en una discusión ininteligible para la audiencia que hubo de zanjar el presentador con un sonoro:

—¡Señora y señores, hagan el favor, que si hablan todos a la vez no se entiende nada!

Se callaron todos a un tiempo aguardando que una mano invisible o una voz divina les sacara del atolladero de las confabulaciones, la patria, el honor, los guiris que nos invaden como si vinieran a tierra conquistada, el débil tejido industrial y la cerveza sin alcohol.

—¿La cerveza sin alcohol? —dijo uno—, ¿qué pinta aquí la cerveza sin alcohol?

—Era una metáfora —dijo el comentarista anciano—.

Una metáfora para señalar que todo se desvirtúa en estos tiempos locos que vivimos.

El presentador se puso en guardia porque uno de los principales anunciantes del programa era precisamente una cerveza sin alcohol.

—No creo que se desvirtúe nada, ya me perdonarás, Federico, pero es un producto que está haciendo mucho por evitar la adicción al alcohol, que eso sí es un grave problema en nuestra sociedad.

Faltó poco para que Federico asegurara que se estaban amariconando y que cierto coñac es cosa de hombres pero se contuvo para que no le llamaran machista. «Pues a mucha honra», se dijo en silencio.

—Se nos ha terminado el tiempo, señoras y señores, muchas gracias un día más por prestarnos su atención, y a nuestros tertulianos por aportar su sabiduría a este espacio de debate. Mañana volveremos con un nuevo asunto de candente actualidad; ahora, tras un consejo de nuestro patrocinador, podrán ver las noticias. Buenos días.

El presentador sabía, lo sabían todos, que aquellas aventuradas hipótesis acerca de qué iban los anuncios pronto se irían extendiendo por otras emisoras, la prensa digital y algunos foros. Alimentar especulaciones engordaba audiencias y, evidentemente, bolsillos. Una suerte de vasos comunicantes que convertían en noticia lo que no pasaban de ser meras anécdotas, pero qué jugosas eran, qué bien se vendían junto con sus primos, los cotilleos, las maledicencias, los rumores.

«Me han dicho que», «He oído que», «No puedo decir quién, pero me aseguran que». Y la mala memoria general permitía que los infundios se extendieran como el chapapote y llenaran de mierda lo que una vez se llamó periodismo.

Así que ya estaba Sofía con la televisión encendida y sin tener la menor idea de qué iba a ver. Mandó un mensaje a Julia para avisarla también, y hasta que llegó la hora siguió colocando los libros, ya quedaban pocas cajas. Aquello se parecía demasiado a su rutina en el trabajo. «No —se dijo—, no puedo añorar tan pronto el trabajo», de hecho, no había pensado en él en ningún momento. Los libros formaban parte de su vida, a veces más que las personas, eso era verdad.

Últimamente era bastante habitual que llegasen donaciones de cientos de volúmenes y la biblioteca estaba dejando de admitirlas, salvo contadas excepciones. Morían los dueños de amplias colecciones, libros adquiridos en su juventud, cuando iniciaban una vida nueva, heredados otros de padres y abuelos también lectores ávidos. Tener libros en las casas fue, en algún momento, señal de riqueza cultural, de un estatus que no dan los coches ni las joyas. La cultura ocupaba metros y metros de paredes. Ediciones bellamente encuadernadas en piel, hojas de papel biblia, cantos dorados.

Pero las casas de ahora son pequeñas. En casi todas, una televisión muy grande ocupa el lugar principal del salón y no hay paredes suficientes para acoger centenares de libros que se llenan de polvo porque ya nadie se pone a leer a los clásicos. O apenas nadie. Así que, a diario, familias desesperadas porque los libros les comían el espacio llamaban para regalarlos, donarlos, cederlos. Libros huérfanos en busca de lectores, en busca de metros vacíos, de un lugar en un mundo que empezaba ya a no ser el suyo.

—Sintiéndolo mucho —decía Sofía—, no podemos recibir su donación.

—¡Pero si está todo el teatro de Shakespeare! —contestaba abrumado un señor mayor—, es una joya que heredé de mi padre, mire, con letras doradas y encuadernado como ya no se encuaderna, cosido artesanalmente...

—Lo entiendo, señor, pero no puede ser, pruebe en alguna librería de viejo, quizá saque además algún dinero, poco, pero menos es nada.

El propietario de todo aquello que para él era una joya antigua, un tesoro lleno de letras, se quedaba estupefacto porque llevaba décadas creyendo en su valor intrínseco y en ese momento solo eran kilos y kilos de molesto y polvoriento papel.

—Es que, verá, mi mujer y yo nos vamos a una residencia y, claro, no podemos llevárnoslos, y los hijos no tienen sitio en casa. Es triste, francamente triste.

Sofía intentaba consolar al desvalido anciano que iba a abandonar su casa, sus recuerdos y, sobre todo, la biblioteca que tanto placer le dio contemplar durante años. Así que no le extrañaba nada ver de vez en cuando pilas de libros amontonadas junto a los contenedores de papel, colecciones enteras, enciclopedias, poemas rotos a punto de convertirse en pulpa, de servir quizá como materia prima para filtros de café, folios reciclados o bolsas de aspirador. Casi podía oírse a Tolstói gritar que su Ana Karenina no merecía tal maltrato. Pero nadie escuchaba al ruso.

Al filo de las once, Sofía subió el volumen de la tele. De pronto se había hecho el silencio en la emisión, y ella pegó un bote cuando una voz masculina con reverberación, una voz profunda que parecía de profeta, dijo:

ABRE UNA VENTANA AL MUNDO

Y la palabra «mundo» se quedó flotando en el aire durante medio minuto, sobre un fondo entre gris y negro, la orden en letras rojas. Porque sí, era una orden, ya no preguntaba nada, no había interrogaciones, era una orden imperativa. Se hizo de nuevo el silencio en la emisión, una pausa rara, como si, de nuevo, hubiese un problema técnico que enmudeciera el sonido. Sin embargo, sonaron las señales horarias que anunciaban las once y el presentador dio paso a un avance de las noticias nuestras de cada día.

«¿Dónde estás?». «¿Adónde miras?». «Abre una ventana al mundo».

Seguía sin aclararse de qué iba la campaña, qué objeto tenía, qué vendía. «Una ventana al mundo», dijo Sofía en voz alta, ante la ventana de su pequeño gran mundo de la cocina.

La hembra de los cernícalos vivía ajena a la campaña y los misterios publicitarios de los humanos, ella solo consumía los ratoncitos y los topillos que cazaba el macho. De vez en cuando también volaba como para estirar las alas, que eran muchas horas de inmovilidad, pobrecita, y a ratos hacía bastante calor.

Los del tiempo habían anunciado una primavera seca y cálida y un verano inclemente, otro más. Ola tras ola de calor y los hielos eternos dejando esa eternidad para derretirse sin pausa.

Cuando oían las apocalípticas previsiones, Pablo y Sofía se alegraban de no haber tenido hijos finalmente, de no dejarles en herencia un planeta que sería inhabitable al cabo de unas décadas. Aunque quizá esa reflexión fuera solo el consuelo, la justificación generosa de una actitud que, a veces, resultaba egoísta, al menos para los demás.

La hembra ahuecó las alas, se quedó de pie en la jardinera para refrescarse, y Sofía atisbó que ya no eran tres los huevos, ¡había cinco! «¡Madre mía, qué velocidad, qué alegría! Yo sí tengo una ventana abierta al mundo», dijo para sí, reafirmándose. Hizo fotos y encendió el ordenador.

> La cosa marcha en la jardinera de los cernícalos. Hay cinco huevos bajo la madre, que, a pesar del calor de estos días, no deja de incubar incansable, cumpliendo un deber que lleva inscrito en sus genes. Qué bien funciona la naturaleza cuando los humanos la dejamos en paz.

Lo publicó junto con dos fotografías y echó un vistazo al contador de visitas: se habían disparado, más de cinco mil en un día, ¡qué barbaridad!, y unas mil personas se habían suscrito al blog para seguir leyendo las novedades del nido. Había muchos comentarios, todos amables, por fortuna.

Al parecer se había ido corriendo la voz en aquel mundo enorme de internet, quizá algún otro blog de biología lo había recomendado a sus lectores. O puede que en algún medio se hubiesen hecho eco de la historia. Tendría que indagarlo. En cualquier caso, era difícil saber el porqué de tanta expectación.

«Qué bien, pero qué requetebién —se dijo Sofía—. Qué ilusión. Acerté al pedir la excedencia en el trabajo por una temporada, no me hubiera gustado perderme esto por nada del mundo. Y con Pablo tan liado en la agencia se agradece la compañía de los cernícalos y la de tantas personas interesadas en su historia. ¡Ay, qué bien!».

Y entonces apareció el comentario número treinta y cuatro. El anónimo había regresado.

46

La primavera

J murió el 4 de mayo de 2006. El 4 del 5 del 6. No planeó la fecha, aquella madrugada logró que alguien, una mano anónima, pusiera al alcance de su boca un vaso hacia la libertad, la paz y la dignidad. Una mano que desenchufó el respirador. En el ordenador de J había un CD, escuchó a Grateful Dead en sus últimos minutos y bebió un gin-tonic como hacía a veces por la noche.

Cuando la patrulla de policía entró en la casa y encontró su cuerpo inerte, uno de los uniformados exclamó:

—¡Joder, otro Ramón Sampedro!

Había varias cartas en el ordenador, una de ellas dirigida al juez que se haría cargo del caso.

Su cuerpo fue incinerado, aunque en algún momento había expresado su deseo de donarlo a la ciencia para que se pudieran estudiar los estragos de su lesión tras más de cinco años de inmovilidad. Nadie recogió sus cenizas porque así lo quiso él, como dejó dicho.

Sus amigos más próximos, alguno de ellos ni siquiera se conocían entre sí, se reunieron en la casa vacía, en la casa sin él. Brillaba el venenoso mercurio intacto en la botella de vidrio, las calaveras seguían ocupando su sitio y el jubiloso sol de mayo entraba a raudales por la ventana. Y los cuadros, las esculturas, los libros, la música, miles de papeles, de objetos, de recuerdos, fueron testigos de un brindis a la memoria de aquel hombre inmóvil que, al fin, había vuelto a volar.

—¿Por qué ahora, en mayo, si le encantaba la primavera? —dijo uno de los presentes.

—Por eso —le contestaron—. Exactamente por eso.

Hasta que en septiembre de 2006 se cerró la causa, con el archivo provisional del caso al no conocerse quiénes habían ayudado a J a dar cumplimiento a su voluntad, no le entregaron a Ana, en una comisaría de policía, el ordenador floreado que había sido la ventana por la que J se había asomado al mundo.

47

Pizza y pasado

En paz, señora. Claro que sí, qué excelente la apacible
tranquilidad. Y la soledad, sí, se la percibe muy sola,
señora de los cernícalos.

Sofía empezó a temblar como si el aliento de aquel desconocido, un aliento helado, le soplara en la nuca. Había
muchos más comentarios hermosos y bellos, pero no les
prestó atención, se borraron como los buenos recuerdos y
las buenas cosas vividas se deshacen ante el ataúd, y la presencia de la muerte lo llena todo sin dejar resquicios a la
esperanza.

Intentó respirar profundamente, reflexionar, no dejarse
llevar por el miedo ni la rabia. Pero el temor y la sensación
de desnudez ante unas letras escritas con la clara intención de
herir prevalecían.

Sí, aquel anónimo la conocía, sabía de su soledad, la vigilaba de alguna manera que a ella se le hacía imposible
comprender.

Como en la misteriosa publicidad de Pablo, ella había
abierto su ventana al mundo y por una rendija se había co-
lado un tipejo que la asustaba ante el ordenador, como una

niña desvalida, un pollito que ha dado su salto, su primer vuelo y se encuentra a merced de las corrientes de aire.

Desde la ventana vio al cernícalo macho planear, cernerse, atacar a una urraca osada, cantar con fuerza. Él dominaba las alturas, no temía las ráfagas poderosas ni las tormentas, había nacido para adueñarse del aire, pertenecía al aire.

«Ya está bien, ya basta —se dijo la humana—, no puede ser que a mi edad esté temblando por lo que ha escrito un imbécil». Encendió la impresora y puso negro sobre blanco los comentarios del anónimo; quería tener pruebas por si decidía denunciarlo. Pero ¿denunciar qué? ¿Que la llamaba «señora»? ¿Que le decía que estaba muy sola? No había nada concreto que denunciar, eran necesarias otras cosas para que hubiera acoso, frases amenazantes, algo que no solo inquietara sino que constituyera un peligro inminente, y no, no se trataba de eso. Se trataba justamente de lo que ya había conseguido: alterarla, ponerla nerviosa, que se sintiese vulnerable en su propia casa, en la casa nueva llena de ventanas y luz y libros y desorden, con un nido de cernícalos en la jardinera de la cocina. Podía moderar los comentarios de su blog, borrar directamente a aquel imbécil, hacer que desapareciera como si nunca hubiese escrito nada, pero eso solo daría pie a que él se sintiera importante. «Ja, la he puesto histérica y por eso me censura». No, no le daría el gusto. Lo ignoraría, no permitiría que jugase con ella.

Sonó su móvil. «Pablo», decía la pantalla, y ella contestó como un náufrago se agarra al cabo que le tiran desde un barco.

—¡Cariño, hola!

Debía de temblarle aún la voz porque él le preguntó si estaba bien, si todo iba bien.

—Claro, claro, todo bien. ¿Y tú? ¿La campaña? Estoy impresionada.

—Mañana termina todo —dijo él—. Han decidido no prolongar más el misterio, queda una última parte pero creen que no es necesaria, ya hay suficiente expectación, de eso se trataba.

—Entonces ¿vendrás pronto a casa?

—Claro —le aseguró él, tranquilizador—, si no tienes planes podemos comer juntos en el italiano que tanto nos gusta.

Qué bien sonaba aquello, era música celestial.

—¡Por supuesto! Yo reservo, ¿a las tres?

—Perfecto, mi amor, te quiero.

Y colgó.

«Mi amor».

En la pantalla del ordenador brotaban los comentarios esperanzados sobre el futuro nacimiento de los pollitos, alegrías de desconocidos que se sentían acompañados gracias a la historia de las aves, teorías diversas sobre cuándo romperían el cascarón, consejos y más consejos sobre cómo darles de comer o de beber, para que avisara al Seprona, a los servicios de medio ambiente... Y una nota diferente a las demás:

Hola, soy periodista, estamos siguiendo con mucho interés su historia de los cernícalos, ¿podríamos hacerle una entrevista? Le dejo mi número de móvil. Muchas gracias.

¡Una entrevista! Por lo visto los cernícalos eran noticia, qué bueno, quién se lo iba a decir cuando todo empezó, cuando se percataron de que había una pareja de aves en la ventana. Qué ilusión que las historias pequeñas y felices también tuvieran un hueco en los medios y, además, por fin, podría contarle las novedades a Pablo.

El italiano que había propuesto su marido era el único restaurante decente de cocina de ese país que había en la ciudad. El cocinero era de la Toscana y eso parecía avalar la autenticidad de la pasta y las pizzas, ingredientes traídos directamente de un obrador florentino, un horno especial que convertía la masa en crujientes láminas de delicia. Los aromas de tomillo y romero y albahaca y orégano trasladaban a los comensales a paisajes llenos de cipreses y rosales, viñedos y edificios pintados de rosa claro, de albero, de rojo almagre.

Con una copa de vermut en la mano, Sofía aguardó a Pablo en su rincón favorito, cerca de la ventana con cortinas bordadas, nada que ver con los chapuceros visillos de la ventana de la cocina. Y él llegó puntual, se presentó con el maletín del portátil en la mano y la camisa arrugada, la corbata floja y cara de cansancio, pero contento, muy contento. Se besaron en los labios y pidieron vino de verdad, no de aquel que parecía mezclado con gaseosa.

—Por fin, qué ganas tenía de verte.

—Y yo, cariño, y yo.

—Háblame de la casa, de ti, ¿todo bien? ¿Y los cernícalos?

—Oh..., vamos a tener pollitos, han puesto ya cinco huevos.

—¡Cinco, qué barbaridad!

—Por lo visto, es lo habitual. Y lo estoy fotografiando todo, haciendo vídeos y escribiendo sobre sus andanzas en el blog —dijo Sofía sonriendo.

—¡Olé! Lo leeré en cuanto pueda.

—Y, bueno, hay mucha gente siguiendo lo que escribo,

muy majos la mayoría, me mandan comentarios preciosos, excepto... uno. —Dudó si decírselo, pero pensó que era mejor que lo supiera.

—¿Uno? ¿Qué dice ese uno?

—Es anónimo y lanza indirectas, me llama «señora» todo el rato. No sé, me inquieta un poco.

—Ni caso, ese tipo de gente solo quiere llamar la atención, dar la nota. Son personas aburridas. —El tono de Pablo era tranquilizador.

—Eso creo yo también. Ah, y me ha escrito una periodista, dice que quiere entrevistarme.

—Pero ¡qué bueno! Sofía, ¡eso es magnífico!

—Es un poco, no sé, me desborda un poco tanta atención.

—Hay que aprovechar estos momentos cuando vienen. Todo saldrá bien, ya lo verás.

Pablo bebió un sorbo de vino y sonrió. Se moría por contar a Sofía su gran triunfo profesional, pero no quería hacer de menos la historia de los cernícalos que tanto la ilusionaba. Por eso, Sofía, que lo conocía bien, le acarició la mano y le dijo:

—Sí... Bueno, cuéntame tú, que me tienes toda nerviosa con tanto misterio.

—Pues..., creo que ya puedo decirte lo más llamativo, sí, va a ser toda una revolución. Va a cambiar la forma de ver el mundo, de mirarlo, más bien.

Pablo cortó la pizza, puso un triángulo en el plato de Sofía, sirvió un poco de ensalada y vertió más vino en las copas; solo entonces dijo, bajando el tono de su voz:

—Verás, es una aplicación para teléfonos móviles. Algo tan sencillo y tan complicado a la vez que es inexplicable que no existiera ya. Los coreanos han creado un inmenso banco de imágenes, han recopilado toda clase de fotografías y películas desde que existen los medios de grabación.

»Te pondré un ejemplo. Estás en la plaza mayor de cualquier ciudad; con la cámara del teléfono enfocas a una zona, la que quieras y, ¡*voilà*!, a través de la aplicación podrás ver cómo era ese lugar en otros tiempos, siempre y cuando se disponga de alguna imagen. Podrás remontarte a otras épocas, ver edificios que ya no existen o cómo se construyeron las casas, las gentes que pasearon por el suelo que tú estás pisando.

»Han hecho pruebas en la Gran Vía y, si te pones delante del edificio de Telefónica, se ven las obras que tuvieron lugar entre los años 1926 y 1929; hay muchas imágenes antiguas de ellas, fue uno de los primeros rascacielos de Europa y el segundo de Madrid.

—¡Es genial! —Sofía empezaba a entender tanto misterio.

—Completamente. Es usar la realidad aumentada para viajar en el tiempo...

—Ahora me explico lo de los eslóganes: «¿Dónde estás?», «¿Adónde miras?», «Abre una ventana al mundo».

—Ver el pasado desde el presente, de eso se trata. La aplicación está lista y el banco de imágenes es enorme y va aumentando día a día. Piensa en la cantidad de personas que guardan fotos o películas viejas de sus pueblos, de una fiesta popular, de una celebración en una ermita que ya no existe. Podrás verlo como si todo ocurriera ahora. ¿Te acuerdas de Javier, mi compañero?

—Claro.

—Da casi miedo... Hizo pruebas delante de la parroquia de su barrio, enfocó el pórtico y se encontró con imágenes de un Domingo de Ramos de hace cuarenta años y... allí estaba él, un niño chico, con pantalones cortos y una palma más grande que él, mirando al fotógrafo, cogido de la mano de su abuela.

—¿Se vio él mismo de niño? —La cara de Sofía era un poema a causa del asombro.

—Exacto, pegó un grito y la gente que pasaba por la calle se lo quedó mirando como si estuviera loco. Estaba viendo el pasado, se veía a sí mismo y a su abuela en el pasado.

—Uf, como bien dices, da casi miedo. Y, por otra parte, es maravilloso, qué quieres que te diga. Ojalá pudiera verme de la mano de mis padres paseando por la calle Mayor, niña yo y ellos jóvenes, sería muy emocionante, sería como recuperar la memoria.

—Esa es la idea. Y, ya te digo, cuando se haga público, seguro que muchas personas rebuscan en los trasteros viejos rollos de cine con imágenes de bodas y comuniones; celuloide que hay que restaurar o visionar y resulta que nadie tiene una moviola a mano o que los viejos proyectores ya no funcionan. Y este pasado ya no volverá, pero los acontecimientos importantes para una familia podrán servir para que otros recuerden, se ubiquen o se reconozcan.

—Es precioso, Pablo, precioso.

—Así lo veo yo también. Por eso la campaña es tan misteriosa, tan evocadora. Tener memoria es importante; si además es visual, puede ser maravilloso. Y el invento tendrá mil aplicaciones para los que se dedican a la educación, para los historiadores, para curiosos en general.

—Nos pasa a todos. Cuando desaparece un comercio para ceder espacio a la tienda de la gran cadena que lo va invadiendo todo, no recordamos qué había antes en ese lugar, ¿era una mercería, una floristería, quizá?

—Claro, pues ahora podrás verlo.

Sofía y Pablo sonrieron y brindaron por la memoria, los recuerdos, el pasado que a veces duele al evocarlo, pero que conviene no olvidar. Levantaron sus copas en un brindis por la nueva aplicación que muy pronto alegraría la vida de mucha, muchísima gente. Sería gratuita para quien aportase imágenes a ese inmenso archivo mundial y tendría un precio simbólico para los demás.

La empresa coreana tenía claro que miles de lugares carecerían de un pasado filmado o fotografiado. Había un hueco, un vacío en el tiempo, que no por ello había dejado de transcurrir, ya sea en una aldea africana o entre los rascacielos de la Quinta Avenida.

Sofía pensaba en la biblioteca donde trabajaba, en tantos archivos aún sin clasificar, en tanto pasado todavía por descubrir con paciencia y mucho trabajo e ilusión. En ese momento pensó que ya tenía un motivo más importante que el simple sueldo para regresar al trabajo. Sintió que formaba parte de algo mucho más grande que ella, muchísimo más, porque su tarea era compartida por los miles de archiveros y documentalistas que trabajaban en silencio entre cuatro paredes en tantos lugares del planeta.

—¿Se lanza en todo el mundo a la vez?

—En todo excepto, qué sé yo, en Corea del Norte o en países donde la telefonía móvil está en mantillas. Hay que geolocalizar cada lugar, imagínate todo el trabajo que hay detrás de la aplicación.

—¿Y los beneficios? ¿Qué gana la empresa con eso?

—Pues va a vender móviles a tutiplén, eso para empezar. Y más adelante colaborará con universidades para ayudar a la investigación o con instituciones de todo tipo. Quiere reunir una cantidad ingente de datos que hasta ahora estaban dispersos o desaparecidos.

—Eso pasó con aquella película del francés, Méliès, lo contó su bisnieta en una entrevista que vi. Parte del celuloide de *Viaje a la Luna* estaba tirado en un gallinero y pudieron recuperarlo. Imagínate, los albores del cine.

Regresaron a casa paseando de la mano, dejando que el sol de la primavera los acompañara, como una pareja de novios que empiezan a conocerse y a acompasar sus pasos. Caminaban juntos y tenían la vida por delante.

Una ligera brisa agitó el desmedido cartel que rezaba: «¿ADÓNDE MIRAS?», y ellos alzaron la vista hacia su ventana; allí les aguardaba la discreta y emocionante alegría de lo que nacía en silencio.

48

In memoriam

Los periódicos, las emisoras de radio y televisión, hasta las revistas del corazón estuvieron semanas ocupándose de la noticia que figuró en el apartado de «Sucesos».

Ana no podía leer toda aquella información disparatada sin pensar en cómo se hubiera reído J al ser tratado como «el nuevo Ramón Sampedro», o cómo se hubiera indignado al ver de qué forma banalizaban su tránsito.

Hubo colegas de profesión haciendo guardia a la puerta de la vetusta casa donde vivió el hombre inmóvil, en busca de testimonios, armados con micrófonos que acercaban a quienesquiera que salieran del edificio, daba igual si era un vecino o el cartero. La cosa era conseguir declaraciones, tener algo que contar, aunque fueran mentiras. Investigaron quiénes eran las personas que habían cuidado de él, dónde podían localizar a sus familiares o allegados. Un insoportable asedio que obligó a los amigos de J a tomar una decisión para terminar con aquello, o a intentarlo al menos. Firmaron un texto que Ana redactó y ella misma se encargó de que llegara, vía agencia de noticias, a todos los medios.

Quienes esto escribimos y firmamos éramos, en una u otra medida, amigos de J.

Él amaba la vida de una forma apasionada, tanto que, incluso después del accidente que le dejó postrado e inmóvil, siguió creando, disfrutando de mil cosas, acumulando amigos, experiencias y emociones.

Su muerte estaba anunciada, a nadie ocultó su deseo de liberarse de la atadura cruel a que le condenó un accidente. Desde su blog en internet expuso sus ideas, sus convicciones más profundas, unas reflexiones sobre la vida y la muerte que a todos deberían hacernos meditar.

Y es ahora, cuando ya no está, cuando ha logrado escapar de su propio infierno, cuando todos se vuelven para mirarle, cuando todos se asombran de lo ocurrido, cuando los medios de comunicación se llenan de especulaciones, análisis y debates. J no quería convertirse en otro Ramón Sampedro, no era «superman» postrado en una silla de ruedas, no era la chica de *Million Dollar Baby* que se queda pentapléjica en un ring de boxeo. J era él, profesional de la sanidad, artista, escritor, escalador, espeleólogo, creativo, inteligente y vital.

Por eso nosotros, quienes le conocíamos y amábamos de una u otra forma, nos negamos a dar pábulo a las especulaciones, el trapicheo, la miseria de los aprovechados, los arribistas, los buitres que acuden solo cuando hay un cadáver fresco.

Por eso, nosotros, en su nombre, pedimos a las personas de bien que respeten su memoria, que no le juzguen, que no le condenen, que no manipulen su muerte ni su vida.

El derecho a una muerte digna, humana, sin dolor, sin sufrimientos añadidos al propio hecho de morir, fue la bandera que llevó en vida desde su silla de ruedas.

Nosotros, en su nombre, seguimos pidiendo lo mismo: la regulación de la eutanasia para que nadie añada sufrimiento innecesario al ya insoportable sufrimiento de quienes no tienen ni calidad de vida ni futuro.

Si alguien quiere saber algo de esa persona llamada J, que contemple sus esculturas y sus pinturas, que lea sus textos en su blog. Este legado es lo que queda cuando morimos, porque todos hemos de morir, pero queremos hacerlo con dignidad, sin sufrimiento, sin dolor añadido, sin que se persiga a la mano que acercó un vaso a una boca sedienta de libertad, de dignidad y de paz.

49

Pollitos

Los diminutos pollitos rompieron el cascarón con la puntua-
lidad y la facilidad que se les supone a las aves rapaces. En
el lapso de tres días todos ellos abrían ya el pico exigiendo
comida y más comida a sus padres. Hubo uno más tardío,
permanecía escondido en su huevo marrón mientras los
otros cuatro ya devoraban topillos que desgarraba la madre.
El más pequeño nació cuando sus hermanos ya tenían seco
el plumón y parecían enormes a su lado.

Sofía hizo cientos de fotos y vídeos agazapada tras el visillo, preocupada por si los padres se asustaban y dejaban de
alimentar a los bichillos.

Era tan precioso aquello, tan hermoso, que se le escapa-
ban lágrimas de emoción. Era la vida en la ventana, la mejor
primavera que recordaba. Cada día era distinto el paisaje en
miniatura que veía desde la cocina.

Los pollitos dormitaban debajo de su madre y de vez en cuando alguno de ellos intentaba zafarse de sus alas protectoras. Se revolucionaban cuando percibían que el padre había traído el avituallamiento. Eran todo picos abiertos y un piar apenas audible.

El blog de Sofía se llenó de plumones, escenas llenas de ternura y el imparable trasiego del comer y el cagar. Los lectores se partían de la risa con la caca a reacción de los pollitos que, inevitablemente, iba manchando el cristal de la ventana. Algún comentario insidioso hubo al respecto, con tono condescendiente decía:

> Ya podías limpiar un poco los cristales, que casi no se ven los pájaros.

Sofía había aprendido a no contestar pero otros lectores lo hacían por ella, indignados.

> ¡Hay que ser idiota para pedir eso, oiga! Y si se asustan los padres y abandonan a los polluelos, ¿qué?

Hubo discusiones sobre si ponerles nombre o no. Finalmente, el pollo más pequeño fue bautizado por unanimidad con el nombre de Chiquito y se convirtió en el favorito de todos: peleón, luchador por la vida, cuando llegaba la comida se ponía el primero en la fila, delante de sus hermanos mayores, y se hacía con el botín más grande. Tenía prisa por crecer, por igualarse al resto, por hacerse mayor.

Sofía leía agradecida tanto agradecimiento por parte de desconocidos, en un intercambio generoso y admirable en los tiempos que corrían.

¿Y el metomentodo? Hacía días que guardaba silencio,

que no había vuelto por sus fueros a llamarla «señora» con retintín, a hacerse el misterioso, el enterado, el sinuoso observador que todo lo sabe, todo lo critica y sobre todo aconseja, aunque nadie pida sus consejos.

«La gente maja es mucho más numerosa que la desagradable, pero los desagradables siempre destacan», eso había aprendido Sofía de su experiencia con el blog, de la suerte de poder compartir con perfectos desconocidos aquel pequeño milagro de su ventana.

Pablo había dejado de estar superado por el éxito de la campaña. El papel de su agencia ya había terminado. Ahora recogían los frutos de la imaginación puesta al servicio de una causa muy grande.

«Preservar la memoria ya es posible con imágenes» era casi el titular unánime en los medios. Entrevistaban a los sociólogos para destacar que aquella aplicación permitiría documentar los cambios de la sociedad en las últimas décadas. Una transformación acelerada a la que costaba adaptarse, sobre todo a los mayores. Y, qué paradoja, fueron las personas mayores, los ancianos, los principales contribuyentes a ese banco mundial de imágenes del pasado.

Poco a poco fueron apareciendo viejas películas de super-8 con grabaciones de acontecimientos familiares. Los novios salían de la iglesia y tras ellos se veía la vetusta tienda de ultramarinos que se había convertido en un local de comida rápida. La niña de primera comunión sonreía angelical a la cámara en un restaurante en el que ya no daban banquetes, que ni siquiera era un restaurante, sino una tienda de tejidos al peso. El cambio vertiginoso de las vidas y las gentes.

La casa empezaba a estar casi del todo habitable. El carpintero se presentó por fin y tomó medidas. Según les dijo, tenía una lista de espera mayor que si fuera un doctor reputado, pero les haría un hueco.

—Lo que tiene que hacer —le dijo Pablo— es rellenar los huecos de la pared y construir los armarios, hombre, que ya le vale.

Era aquel un mayo luminoso cargado de luz, la primavera había estallado. Faltaba poco para que Sofía tuviera que retornar a su querida biblioteca para ordenar los libros, poner los tejuelos, clasificar las adquisiciones. Faltaba poco también para que los pollitos de los cernícalos comenzasen a confiar en el aire, en un impulso atávico que les ordenaba volar. Y ocurrió. Llegaron días de sustos al ver que alguno de ellos se asomaba demasiado al vacío, al verlos aletear furiosamente probando esos grandes apéndices, más grandes que sus cuerpecillos, aún con restos de plumón. Se chocaban unos con otros porque la jardinera había empequeñecido de golpe.

Qué placer ver cómo crecían, sanos y bien alimentados. La madre apenas desgarraba ya con el pico los ratones o los topillos, sus hijos habían aprendido a hacerlo solos, como el niño que agarra con fuerza la cuchara y se la lleva a la boca sin ayuda de mamá, triunfante y cada vez más autónomo.

Llegaron las noches de contar para verificar que no faltaba ninguno. Tarea difícil porque formaban una bola grande de plumas primerizas, bien apretujados en el nido, primero bajo la protección de la madre y luego solos, porque ya eran casi tan grandes como ella. Los cinco formaban una piña.

Aquella historia feliz se fracturó un mal día. Uno de los pollitos empezó a cojear, le costaba caminar por la jardinera, recogía la pata y daba saltos como si fuera un gorrión; dolía verlo y también a él debía de dolerle mucho.

Sofía llamó a un centro de recuperación de fauna silvestre, su amiga bióloga les dijo que solo allí podrían salvarlo. De modo que, aprovechando un momento en que los padres no estaban en el nido, con infinito cuidado para que los hermanos alados no se asustaran, cogieron al animalito herido y, en una caja de zapatos con el cartón agujereado para que pudiera respirar, lo llevaron para que lo curaran.

Sí, les dijo una joven veterinaria, se había roto la pata a saber cómo, pero lo intentarían inmovilizar para que se soldara el hueso, a ver si salía adelante el pájaro y luego era capaz de volar junto con otras aves heridas, algunas por disparos (qué crueles somos y qué ciegos).

En el centro de recuperación había una inmensa pajarera, un alto cercado con redes que separaba las aves del cielo. Allí se reponían de sus males otros cernícalos, un halcón y pájaros de especies que ni Pablo ni Sofía sabían distinguir.

Volvieron a casa con la caja de zapatos vacía y un poco tristes por aquel pollito doliente y herido. Y como cuando se narra una historia también hay que contar las partes tristes, Sofía, que había grabado un vídeo del animal herido, con la pata recogida y sufriente, lo puso en el blog: «Hoy tengo una mala noticia», escribió a sus lectores.

Ellos reaccionaron como se espera de las personas con sentido común, agradeciendo que se preocupara por los cernícalos y diciéndole que, seguramente, con su celo el pollito se salvaría, y, si no era así, al menos lo había intentado.

Decididamente, el blog se había llenado de buenas vibraciones, de voces amables y comprensivas, de un consuelo anónimo que a veces es más poderoso que el de los próximos, precisamente por ser anónimo, desinteresado, generoso. «Nunca se sabe quién te lee, a quién ayudas, a quién animas o haces reír o conmueves o asustas. Nunca se sabe quién está al otro lado de esa ventana al mundo tan inabarcable, el universo de las redes, de internet», pensó Sofía.

Al fin llegó el día. El día deseado y temido al mismo tiempo. Sofía tuvo una intuición un tanto dolorosa, aquella mañana calurosa y calmada. El cielo era de un azul inmaculado, los pollos, inquietos, correteaban por la tierra de la jardinera, se miraban, se picoteaban, era como si se animasen unos a otros, o como si se retaran, como hacen los niños.

—Voy a saltar desde el tercer escalón.

—Pues yo, desde el cuarto.

Sí, llegó el día. Uno tras otro los tres hermanos mayores se lanzaron al vacío. Extendieron las alas y primero planearon, luego comprobaron que eran capaces de remontar las corrientes invisibles y finalmente, qué momento angustioso, de alzarse en el aire con las alas extendidas, y volar y volar. Uno se posó un poco torpemente en el tejado de la casa de enfrente. Un «¡Ay!» se escapó de la boca de Sofía, que apenas atinaba a hacer fotos.

Ajenos a la humana, las aves estrenaban un espacio nuevo, su lugar en el mundo lejos del pequeño nido donde habían nacido. Los padres siempre cerca, desde el tejado de la casa de enfrente controlaban esa aventura filial.

Otro de los pollos fue a parar al cofre que guardaba un toldo. Sofía rezó para que a los habitantes de la casa no se les ocurriera bajar justo entonces la vela de protección contra el sol. El animalito titubeó un momento en un equilibrio inestable y, de nuevo, se lanzó al aire. Un vuelo algo errático lo acabó llevando a otro alféizar. «Por favor, por favor —se dijo Sofía—, que no abran justo ahora la ventana, quién sabe qué pasaría si se asustara».

La jardinera, el nido, la ventana casi se habían quedado vacíos de pronto. Solo Chiquito estaba allí para dar fe de que, al otro lado del cristal, habían nacido y crecido nuevos seres. Miraba al aire, había observado a sus hermanos mayores alejarse y aleteaba casi furioso, como dándose ánimo, como para comprobar que sus alas también servían para alzar el vuelo y abandonar la seguridad del nido y vivir su vida nueva. Nubecillas de plumón caían sobre la tierra vacía de la jardinera.

«Quédate un poco más, Chiquito». Sofía tenía una sonrisa en los labios y lágrimas en los ojos. La contradicción entre el deseo de verlos libres y la pena de ver cómo se alejaban, quizá para no regresar nunca más. A partir de ese momento tendrían que cazar y alimentarse por sí mismos y buscar pareja y un lugar donde anidar. Y el ciclo para que no se detenga la vida, para que la especie salga adelante y no desaparezca volvería a empezar. La estirpe alada. «Cuánto tendríamos que aprender de ella los humanos», pensó Sofía.

Trasladó esas imágenes y esas reflexiones a su blog. Muchas personas estaban deseando saber qué ocurría en su cocina, les había abierto su ventana para compartir con ellos aquella aventura.

Los lectores decían que lo había hecho muy bien la pareja, que habían cuidado estupendamente a sus hijos y que seguramente estarían orgullosos de ellos, viéndolos volar con tanta habilidad. Era inevitable humanizar a los cernícalos, los habían seguido desde antes de nacer y eran ya un poco de todos, consuelo en los días malos, alegría para hacerlos una pizca más buenos, un nido en el que se habían refugiado muchas personas que lo pasaban mal.

Siempre hay alguien que lo pasa mal, cerca de nosotros, lejos de nosotros. Y, a veces, somos nosotros mismos.

Chiquito alzó el vuelo dos días después que sus hermanos. Los mayores todavía volvían al nido de la jardinera a dormir, seguía siendo su refugio, su casa, el mismo hogar acogedor que apenas hacía un mes, cuando rompieron las cáscaras y vieron la luz y conocieron a sus padres y la libertad del aire.

La jardinera estaba vacía la mayor parte del tiempo, un desierto en el lugar donde había habido tanta vida y tantas aventuras. Sofía sintió una punzada de tristeza pero la consoló pensar que estaban cerniéndose, poderosos, sobre los tejados, las antenas, las chimeneas, sobre las cabezas de los humanos

Y un día dejaron de regresar, y ella tuvo la certeza de que encontrarían su propio lugar en el aire, a saber dónde. La consolaba y la alegraba pensar que los cuatro hermanos volaban libres y valientes. Quizá anidarían en otras ventanas. Solo cuatro de ellos, porque el quinto pollito no logró sobrevivir con la pata herida y los veterinarios lo sacrificaron, como si fuera una eutanasia, para morir sin sufrimiento.

Ah, qué suerte la de los animales, nuestros hermanos. Ellos pueden morir con dignidad, sin dolor, y eso que ignoran que son mortales.

Todos hemos de morir, qué mal trago, es el alto precio que hay que pagar por haber vivido. Y todos tenemos el mismo deseo: vivir bien, morir bien. No merecemos menos los pobres seres humanos.

Epílogo

Aunque ya no tenía que narrar el día a día de lo que sucedía en el nido, Sofía no abandonó el blog; tenía la esperanza de que aquel rincón de su ventana volviera a estar habitado algún día. Usó ese cuaderno de bitácora para contar pequeñeces que muchas veces escondían historias extraordinarias. Aquel espacio se convirtió en un mirador desde donde se podía admirar la grandeza de las pequeñas cosas, tan pequeñas como un huevo de cernícalo.

A los pocos días de que Chiquito echara a volar, Ana visitó a Sofía para hacer un reportaje sobre las aves que habían criado en la jardinera de la ventana de su cocina, sobre la vida que nace y crece y vuela a pesar de los pesares, a pesar de los humanos, a pesar de la muerte.

Las dos mujeres estuvieron charlando en la cocina de Sofía, junto a la ventana de los cernícalos, pues la periodista había insistido en visitar el nido. En realidad, quería, necesitaba, contemplar el cielo desde aquella ventana, conocer las vistas que tantas veces imaginó junto a J.

—No sé qué hubiera hecho sin ellos... —se sinceró Sofía—. Mi marido ha estado últimamente muy liado con un proyecto..., bueno, quizá te suena, con la promoción de la aplicación que permite visitar el pasado, y si no hubiera sido por los cernícalos...

—¿Al pasado? ¿No hay suficiente con vivir el presente? —la interrumpió la periodista volviéndose de espaldas a la ventana y a las vistas.

La pregunta caló en Sofía, quien entonces le contó los detalles de aquella aplicación revolucionaria. Ana se acordó de los fuegos artificiales que habían tronado por toda la ciudad y de la gran campaña publicitaria. La periodista pensó en el legado de su padre; los celuloides que él había recopilado a lo largo de décadas podrían llegar a mucha más gente a través de aquella aplicación, podrían formar parte de la memoria colectiva y dar cuenta del paso del tiempo en un mundo en constante cambio.

Y así fue cómo, un día de otra primavera renacida, Ana se vio en una escena de las fiestas de su ciudad, pañuelo rojo al cuello, muy joven, muy inexperta, muy nerviosa, hablando a una cámara micrófono en mano. Empezaba a contar historias y desde entonces no había dejado de hacerlo.

El mundo está lleno de historias y de ventanas a las que asomarse sin vértigo. Solo hay que saber mirar.

Nota para el lector

Si has llegado hasta aquí, amable y desconocido lector, un millón de gracias. La mayor parte de los hechos que se narran en este libro son reales, salvo alguna licencia que me he tomado para no desvelar datos íntimos de terceras personas.

Otra licencia es la temporal. J no llegó a conocer a los cernícalos y también es improbable que la tecnología, allá por 2006, hubiera hecho posible esa mágica aplicación para los teléfonos móviles, pero habrás de perdonar esas libertades que me he tomado en aras del interés de la novela (ojalá haya conseguido interesarte).

Las historias de los cernícalos se han ido repitiendo en la realidad: desde el año 2003 los cernícalos han criado en esa misma ventana y han nacido en ella decenas de pollitos.

He ido publicando esta historia primero en mi blog y después en mi cuenta de Twitter (@anaruize).

En la primavera de 2020, cuando la pandemia nos encerró en casa, las andanzas de los cernícalos fueron un consuelo y un refugio para miles de personas. Nunca les estaré lo suficientemente agradecida por el cariño y la gratitud que, salvo contadas y absurdas excepciones, me mostraron.

Y, seguramente lo más importante, el legado de J sigue vivo todavía en internet. En su blog todavía podréis encontrar sus reflexiones, pensamientos y esperanzas; también sus desesperanzados gritos de dolor. La dirección para llegar a ellos es: http://destiladospentaplejicos.blogspot.com/

El 17 de diciembre de 2020, el año de la pandemia, el Congreso de los Diputados aprobó la proposición de ley que regulaba la eutanasia en España. Habían pasado más de catorce años desde la muerte de J y de otros muchos que no pudieron ver cumplido su deseo de morir con dignidad, sin miedo a las consecuencias de recibir ayuda y acompañados de sus seres queridos. El 24 de marzo de 2021 el BOE publicó la Ley Orgánica 3/2021 de regulación de la eutanasia, que entró en vigor el 25 de junio.

Agradecimientos

A mis primeras lectoras, Silvia García Patos y Olaya Hernando, por su paciencia y el impulso que me dieron.

A Arantza Leal Nebot, bióloga y amiga, anilladora de pollitos y amable escuchadora de dudas sobre las aves rapaces.

A la buena gente de Twitter, ver cómo les emocionaban las andanzas de los cernícalos ha sido un bálsamo en tiempos convulsos.

A Ana Bernabéu, ella sabe que está presente en este libro desde antes de que lo escribiera.

A Carlos León, brillante artista, hermano de J.

A tantos y tantos periodistas, reporteros, montadores y documentalistas honestos con quienes he compartido muchos años de vida laboral, ellos hacen que el oficio de contar merezca la pena.

A Ana Caballero, mi editora. La primera vez que hablamos me dijo que me acompañaría siempre en el proceso creativo, y eso es lo que ha hecho con una dulzura exquisita. Sin su trabajo concienzudo y sabio este libro no existiría.

A Nuria Riaza, que ha dibujado con amor y delicadeza a nuestros queridos cernícalos.

Al equipo de la editorial Grijalbo, que ha tratado esta pequeña historia con esmero y le ha dado forma en un volumen tan bonito.

Y, finalmente, aunque ellos no leen ni saben de las humanas andanzas, a las generaciones de hermosos cernícalos que decidieron que una jardinera en la ventana de mi cocina era un buen lugar donde anidar. Los alados vecinos nos enseñan que la vida sigue, imparable, año tras año, primavera tras primavera, en un renacer esperanzado lleno de magia.